Morgen

Kurzgeschichten

Christa Dautel

neobooks

Christa Dautel 1944, ist auf der schwäbischen Alb in einer alten Textilfabrikantenfamilie aufgewachsen. Im Alter von 16 Jahren erlebte sie durch den plötzlichen Tod ihres Vaters, wie ganze Welten und damit verbunden Vorstellungen mit einem Mal zerbrechen können. Sie erlebte aber auch, wie aus Krisen neue Anfänge erwachsen, wie Hoffnung und Kraft gerade aus dem Zusammenhalt nahestehender Menschen entstehen. Nach dem Studium der Volkswirtschaftslehre war sie viele Jahre in der Marktforschung tätig. Christa Dautel ist verheiratet, hat 2 Kinder, 4 Enkel und lebt in Hamburg.

Impressum
Texte:
Verlag: Christa Dautel
christa@dautel-hamburg.de
epubli, ein Service der
neopubli GmbH, Berlin
Printed in Germany

Inhaltsverzeichnis

Antikmarkt

Antikmarkt – heute war wieder so ein Tag, an dem es sich lohnt, aufzustehen, sich zu recht zu machen, heute war wieder ein Tag, an dem sie etwas vorhatte. Sie konnte planen, überlegen wie sie dorthin kommen könnte, sie hatte ein Ziel.

Sie machte sich Gedanken über ihre Kleidung, an solchen Tagen zog sie nicht einfach das Nächstliegende an, an solchen Tagen wollte sie gefallen. Sonst war es ihr egal, wie sie aussah, es kam ja sowieso keiner vorbei und sie ging nirgendwohin, nur mal eben zu Aldi, um das Nötigste einzukaufen. Bei Aldi sieht keiner den anderen an, alle haben nur das Ziel möglichst schnell und billig einzukaufen. Aber auf den Antikmärkten war es anders, man konnte sich schöne Dinge zeigen lassen, sie lange ansehen, in der Hand halten, sie hin und her drehen, man konnte sich dabei vorstellen, diese Dinge zu besitzen. Der Verkäufer stand nicht nur wortlos da, er unterhielt sich mit den Kunden, er zeigte ihnen alles, das war umso vieles persönlicher und deswegen legte sie an diesen Tagen Wert auf ihr Äußeres.
Sie beschloss ihr kleines, kariertes Röckchen anzuziehen, das war das beste Stück in ihrer Garderobe. Sie wusste sehr wohl, dass dieser Rock ein wenig zu kurz war, sie hatte jedoch keine andere Wahl, sie

hatte wirklich nichts Besseres. Ihre Garderobe war ziemlich trostlos, im Sommer fiel sie damit nicht so sehr auf, aber im Winter, wenn alle ihre dicken Pelzmäntel hervorholten, dann sah ihr fadenscheiniges Mäntelchen ziemlich armselig aus. Sie zog das karierte Röckchen an und dazu die etwas eng gewordene braune Weste, die auch schon bessere Tage gesehen hatte. Die Haare wusch sie sorgfältig, heute gönnte sie sich eine kleine Spülung, dann sahen die Haare besser, gepflegter aus und standen nicht so wirr vom Kopf ab.

Gleich nach dem Frühstück wollte sie losgehen, der Eintritt musste sich lohnen. Sie packte die vorbereitete Stulle ein, füllte die Wasserflasche mit frischem Leitungswasser und los ging es.

Sie hatte sich viel Mühe mit der Auswahl der Antikmärkte gemacht, die sie regelmäßig aufsuchen wollte. Sie hatte nacheinander alle besucht, manche sofort gestrichen, einige ein paar Mal aufgesucht, sich zu Hause immer sorgfältig Notizen gemacht, die Vor– und Nachteile genau beschrieben und nach langer Vorarbeit sich entschlossen nur noch die Märke in den beiden größten Einkaufszentren der Stadt zu besuchen. Es war eine schöne Zeit gewesen, als sie mit dieser Auswahl beschäftigt war, es war ein so befriedigendes Gefühl, etwas getan zu haben. Sie fühlte sich fast so glücklich, wie an den seltenen Tagen in der Firma, wenn sie von der Gruppenleiterin der Buchhaltung für ordentliche Arbeit gelobt worden war.

Sie konnte nicht auf alle Märkte der Stadt gehen, dazu reichten ihre Mittel nicht aus, auch wenn sie nie etwas kaufte. Außerdem war sie der festen Meinung, zu häufige Besuche würden ihre Freude im Lauf der Zeit schmälern. So hatte sie 8 Sonntage im Jahr, auf die sich freuen konnte und den Besuch dieser Antikmärkte konnte sie auch in aller Ruhe vorbereiten.

Diese beiden Orte hatte sie letztendlich ausgewählt, weil dort die Leute überwiegend freundlich und selten ungeduldig waren. Hier konnte sie ziemlich sicher sein, nicht beschimpft zu werden weil sie immer so lange für ihre Entscheidung brauchte und dann doch immer unverrichteter Dinge wieder ging. Auf den anderen Märkten die sie alle getestet hatte, war es schon mal passiert, dass sie von den Ständen mit lauten Beschimpfungen vertrieben worden war. Sie dachte daran, als sie das erste Mal auf einem Antikmarkt gewesen war, sie war zufällig dort hineingeraten. Auf einem ihrer einsamen Sonntagsspaziergänge an der Alster war sie von einem heftigen Gewitter überrascht worden. Vor Gewittern hatte sie schon immer panische Angst gehabt und von der Angst getrieben ist sie in das große, weiße Hotel hineingegangen. Sie hatte damals voller Staunen diese große Hotelhalle betrachtet, die Menschen, die sich dort wie selbstverständlich bewegten, sie konnte sich gar nicht satt sehen und ließ sich einfach ein wenig mit den Hotelgästen mittreiben. In einem Flügel des Hotels war gerade ein Antikmarkt und damals hatte sie zum ersten Mal diesen Teller mit der roten Rose gesehen. Es war ein einfaches, aber wunderbar gemaltes Dekor, ihr gefiel gerade die schlichte Art des Tellers und seit dieser Zeit träumte sie davon, einen dieser Teller zu besitzen.

Um 10 Uhr öffnet der Markt, um pünktlich da sein zu können, nahm sie den Bus um 9 Uhr und fuhr Richtung Alstertal. Eine Station vor dem Einkaufszentrum stieg sie wie immer aus, dann kostete der Bus weniger und der Fußmarsch würde ihr gut tun.

In ihrem kurzen Röckchen, der engen Weste und den Turnschuhen sah sie etwas verloren aus, sie wusste das wohl, aber sie war es auch gewohnt, nirgendwohin zu gehören, immer außerhalb zu stehen. Sie hätte gerne zu den anderen dazu gehört, mit ihnen gelacht, gefeiert, getanzt, sich auch mal verliebt und gehofft, ein junger Mann würde sie aus ihrem einsamen Leben herausholen. Aber es geschehen keine Wunder und so blieb sie nach dem Tod der Mutter ganz allein zurück, seither gab es niemanden mehr, der sich für sie interessierte. Eigentlich hatte sich auch die Mutter nie für sie interessiert, sie war nie wichtig gewesen, sie war nur dazu da, der Mutter alles abzunehmen, nur für sie da zu sein und ihr ewiges Nörgeln und Schimpfen zu ertragen. Aber das war nun vorbei und trotz der lähmenden Einsamkeit sehnte sie sich nicht nach der Mutter, sie war froh, sie los zu sein!

Punkt 10 Uhr betrat sie das Einkaufszentrum, sie suchte wieder den Stand mit dem wertvollen Porzellan. Schon beim ersten Besuch dieses Antikmarktes hatte sie an diesem Stand den Teller mit der roten Rose entdeckt. Ein junger Mann, der offensichtlich seinem Vater zur Hand ging, hatte ihr den Teller gezeigt. Er war sehr freundlich zu ihr gewesen, obwohl sie nichts gekauft hatte, nichts kaufen konnte. Seither ging sie jedes Mal auf diesem Antikmarkt zu dem Stand von Vater und Sohn.

Sie würde diesen Stand erst gegen später besuchen, sie wollte sich ein wenig umsehen, sie freute sich darauf, mit diesem jungen Mann zu sprechen, er war immer so zuvorkommend, so höflich und freundlich zu ihr, er verlor nie die Geduld, er sah sie nie mit dem mitleidigen Lächeln an, das die anderen so oft im Gesicht hatten. Mit ihm konnte sie beinahe normal sprechen, bei ihm hatte sie nicht das Gefühl nur lästig, dumm und überflüssig zu sein. Heute hatte sie sich auf diese Begegnung besonders sorgfältig vorbereitet!

Sie dachte an die Zeit zurück, in der sie in diesem Alter gewesen war. Damals, wenigstens dieses eine Mal in ihrem Leben, hatte sich ein Mann für sie interessiert. Damals arbeitete sie in der Buchhaltung einer großen Firma und er verteilte die Post im Haus. Sie hatte ihn schon lange beobachtet, ihr gefiel seine stille Art, sein freundliches Lächeln, nie sah er mürrisch aus, sie begann auf den Augenblick zu warten an dem er an ihrem Arbeitsplatz vorbeikam. Sie lächelte zurück und an einem schönen Sommermorgen sprach er sie plötzlich an, sie spürte heute noch, wie ihr die Röte ins Gesicht stieg und wie sie unfähig war, zu antworten. Er sagte nur, welch schöner Morgen und schien gar nicht böse zu sein, dass sie nur mit dem Kopf nicken konnte, er ging weiter in den nächsten Raum, um seine Post den Adressaten zu bringen.

Aber an jenem Morgen, als in der Firma alles auf dem Kopf stand, als das Gerücht aufkam, die Firma habe Konkurs anmelden müssen, als keiner so richtig wusste, was los war und was dies bedeutete, an diesem Morgen, als sowieso alles anders war, da sprach er sie wieder an und fragte, ob sie den neuesten Film im Abaton Kino schon gesehen habe. Wie konnte er annehmen, dass sie diesen Film gesehen hatte, sie war schon so lange nicht mehr im Kino gewesen, die Mutter würde es niemals erlauben, seit dem Tod des Vaters musste sie jede freie Minute bei der Mutter sein, musste für sie den Haushalt führen, waschen, putzen, einkaufen, kochen und wieder waschen. Nie bekam sie ein anerkennendes Wort für ihre Arbeit im Haushalt, nie hörte sie ein einziges freundliches Wort. Früher hatte der Vater ihr einen Großteil der Arbeit abgenommen, aber auch für ihn hatte die Mutter nie ein freundliches Wort gehabt. Manchmal kam ihr der Verdacht, der Vater sei nur gestorben, um dem ewigen Nörgeln der Mutter zu entkommen.

An diesem Morgen, als der Mitarbeiter von der Poststelle sie ansprach, war die Welt sowieso aus allen Fugen geraten und sie nahm all ihren Mut zusammen und sagte, nein, den Film kenne sie noch nicht, aber sie würde ihn sehr gerne sehen. Er schien sich zu freuen und so verabredeten sie sich für den Abend. Den ganzen Tag über machte sie Pläne, wie sie ihrer Mutter sagen konnte, dass sie mit einem Mann ins Kino gehen würde. Es würde eine harte Auseinandersetzung geben, das wusste sie und diesen Auseinandersetzungen war sie nicht gewachsen, am Ende tat sie doch alles, was die Mutter wollte. Aber dieses eine Mal wollte sie sich nicht dem Willen der Mutter beugen und so machte sie sich die Notlage der Firma zunutze und erzählte hastig und stotternd der Mutter, sie müssten alle Überstunden machen in der Buchhaltung, um die Lage der Firma zu klären.

Sie gingen zusammen ins Kino, von dem Film hatte sie wenig mitbekommen, der Film schien irgendwie lustig zu sein, der Mann neben ihr lachte unentwegt und sie hatte nur ständig Angst, an der falschen Stelle zu laut zu lachen. Sie gingen noch 2 oder 3-mal zusammen ins Kino, einmal gingen sie sogar zusammen Essen. Sie konnte damals kaum einen Bissen herunterbringen, sie war so aufgeregt und so ängstlich darauf bedacht, alles richtig zu machen, der Teller wurde nach einiger Zeit fast unberührt wieder abgeräumt. Sie war sicher, der Mann würde sie nun nie mehr fragen, ob sie zusammen ausgehen wollten. Als er sie am nächsten Tag fragte, ob sie mit ihm zusammen das große Feuerwerk des Kirschblütenfests an der Alster ansehen wolle, da raste ihr Herz, mit hochrotem Kopf konnte sie nur stammeln, sie würde gerne mitgehen. Der Mutter hatte sie nichts von ihm erzählt und ihr abendliches Fernbleiben weiter mit den Schwierigkeiten in der

Firma erklärt. An diesem Abend war es sehr spät geworden und als er sie nach Hause begleitete und an der Tür kurz in den Arm nahm, da hatte sie sich einen Augenblick ganz lebendig gefühlt, sie sah ihm nach, als er ging, ihr Herz klopfte zum Zerspringen und im selben Augenblick wusste sie, dass ihre Mutter die Notlügen nicht mehr glaubte, dass sie etwas ahnte und alles zerstören würde.

An all dies dachte sie, als sie den jungen Mann aus der Ferne beobachtete, sie beneidete ihn um seine Fröhlichkeit, um sein sicheres Auftreten. Sie überlegte sich, was er wohl beruflich machte, vielleicht studierte er noch, sie hätte es zu gerne gewusst. Er sah gut aus, groß, schlank, die dunklen, dichten Haare hatte er mit Gel zu bändigen versucht, er war gut angezogen nur die Turnschuhe, die er zum Anzug trug, gefielen ihr nicht.

Sie ging weiter, sie wollte sich diesen Besuch bis zum Schluss aufbewahren, auch wenn sie dann vielleicht etwas müde sein würde, das war ihr gleichgültig, die Vorfreude wollte sie möglichst lange genießen.

Sie sah sich alle Stände an, im Erdgeschoß und auch die im unteren Geschoß, aber kein Stand gefiel ihr so gut wie der von dem Vater mit dem Sohn.

Das Umhergehen in dem überheizten Einkaufszentrum machte sie durstig, sie ging in eine ruhigere Ecke des Zentrums, kramte in ihrer großen Tasche, die sie von der Mutter übernommen hatte nach der Flasche mit dem Wasser. Gierig trank sie einen Schluck und trank beinahe die ganze Flasche in einem Zug aus, wie gut, dass sie hier die Flasche wieder auffüllen konnte. Voller Neid sah sie die Besucher des Zentrums, die in dem gemütlich aussehenden Café an den kleinen Tischchen saßen, sich angeregt unterhielten und dabei genüsslich ihren Kaffee tranken und ein Stück der köstlich aussehenden Torten auf ihrem Teller hatten. Ob diese Menschen eigentlich wussten, welches Glück sie hatten, ob diese sich ihre Einsamkeit vorstellen konnten? Sie war allein, sie würde immer alleine sein, das wusste sie, und trotzdem träumte sie immer wieder davon, jemanden zu haben mit dem sie wenigstens ab und zu etwas gemeinsam unternehmen könnte, die Einsamkeit lähmte sie an manchen Tagen vollkommen, sie sehnte sich nach der Nähe anderer.

Sie ging langsam zurück zum Eingang, an dem sie hereingekommen war, von weitem schon sah sie den jungen Mann, er unterhielt sich mit einem älteren Herrn, einem sehr gut aussehenden älteren Herrn. Sie ging näher hin, dem Gespräch der beiden konnte sie entnehmen, dass der junge Mann tatsächlich noch Student war, er studierte Medizin und schien kurz vor dem Abschluss zu stehen. Der ältere Herr war offenbar ein Medizinprofessor, die beiden unterhielten sich sehr angeregt und schienen die Umwelt gar nicht mehr wahrzunehmen.

Sie hatte nicht wirklich damit gerechnet, von dem jungen Mann beachtet zu werden und schon gar nicht, wenn er so in ein Gespräch vertieft war. Das Blut schoss ihr in die Wangen, als der junge Mann sie sah, sein Gespräch kurz unterbrach und zu ihr sagte, er würde ihr sofort ein besonders seltenes Stück von dem Dekor der roten Rose bringen. Es sei eines der ältesten Stücke aus dieser Serie, eine ganz ausgefallene Form, dieser Teller würde ihr bestimmt gefallen.

Die Frau des Professors hatte sich von dem Vater die kostbarsten Stücke seiner Meißen Sammlung zeigen lassen. Besonders angetan schien sie von einer Figur zu sein, es war ein Schäfer, der an seinen Stock gelehnt an einem Strickstrumpf arbeitete. Sie wusste aus ihrem intensiven Studium des Meißner Porzellans, dass dies eine Figur aus der Marcolini-Zeit war und wenn sie an den Preis dieser Kostbarkeit dachte, wurde ihr ganz schwindelig. Der Professor würde diese Figur seiner Frau bestimmt sofort kaufen, er würde ihr vermutlich alles kaufen,

was sie haben wollte. Sie beneidete diese Frau glühend, nicht weil sie solche Kostbarkeiten haben konnte, sie beneidete sie, weil sie eine Familie hatte, weil sie nicht alleine war, weil sie geliebt wurde.
Sie fühlte sich noch einsamer, noch verlassener als sonst, die Frage, warum sie überhaupt lebte, drängte sich ihr auf. Sie würde von niemandem vermisst werden, wenn sie in ihrer Wohnung fallen würde, könnte sie wochenlang liegen bleiben, das würde niemand bemerken. Es gab niemand auf der ganzen Welt, der wirklich ihre Existenz wahrnahm, der Interesse an ihr hatte, dem sie nicht gleichgültig war.

Der junge Mann brachte ihr einen besonders schönen Teller mit der roten Rose, der Rand sah aus, wie gehäkelt, sie wusste genau, wie teuer diese Teller waren. Sie nahm ihn beinahe ehrfurchtsvoll in die Hand, drehte ihn hin und her und war glücklich, nun auch ihr Wissen, das sie sich in den langen Stunden in der Bibliothek erworben hatte, anwenden zu können. Sie unterbrach den jungen Mann, der gerade über das Alter, die Malerei, die Signierung des Teller reden wollte und fing an, ohne zu stocken, ihm alles was sie darüber wusste, zu erzählen. Sie fühlte sich dabei so sicher, sie genoss seine Verblüffung und sagte ihm zum Ende auch genau, wie viel wert dieser Teller war. Seine Verblüffung hätte nicht größer sein können und zum ersten Mal seit langer Zeit konnte sie schmunzeln, sie freute sich, dass es ihr gelungen war, ihn zu überraschen.

Sie hatte schon oft darüber nachgedacht, warum ihre Mutter ständig nörgelte warum sie mit nichts zufrieden war, warum sie selbst keine Freude am Leben hatte und warum sie es nicht zuließ, dass andere sich an etwas erfreuten, warum sie immer alles Schöne zerstören musste. Sie wusste wenig über das Leben der Mutter, der Vater hatte geschwiegen und die Mutter hatte sowieso nie aus ihrem Leben erzählt, eine Großmutter hatte sie nie gekannt, auch nie von ihr gehört, nie erfahren wie sie gelebt, wo sie gewohnt hatte und was für ein Mensch sie gewesen ist. Eigentlich wusste sie nicht einmal, ob die Großmutter vielleicht sogar noch lebte. Sie wurde nie das Gefühl los, nirgendwohin zu gehören, sie war wie ein Findelkind groß geworden, ohne Großeltern, Onkel und Tanten, Kusinen – es gab niemanden außer der Mutter und dem Vater.

Sie konnte sich nicht daran erinnern, ob die Mutter immer so gewesen ist, sie konnte sich nicht daran erinnern, ob die Mutter ihr abends im Bett noch eine Gute-Nacht-Geschichte vorgelesen hatte, wie es war, wenn sie als Kind beim Spielen gefallen war, hatte die Mutter sie dann getröstet? Sie hatte keinerlei Erinnerung an diese Zeit.

Wie anders hätte ihr Leben verlaufen können, wenn sie sich nur einmal, ein einziges Mal gegen die Mutter durchgesetzt hätte, wenn die Mutter ihr nur ein einziges Mal das Gefühl gegeben hätte, nicht lästig zu sein, wenn sie ihr nur ein einziges Mal gezeigt hätte, dass sie ihre Tochter liebte. Vielleicht hätte der Mann von der Poststelle sie eines Tages gefragt…. Nein, das war unmöglich, sie war keine Schönheit, sie war pummelig, unbeholfen und dumm und anderen immer im Weg.

Sie hielt dieses wunderschöne und so kostbare alte Porzellan das er gebracht hatte immer noch in der Hand, ängstlich darauf bedacht, auf diese Kostbarkeit aufzupassen, den Teller nicht fallen zu lassen oder irgendwo anzuschlagen.

Sie drehte den Teller hin und her, besah ihn sich ganz genau, sie wollte ihn so gerne kaufen, aber das würde ihre finanziellen Möglichkeiten bei weitem übersteigen. Innerlich begann sie zu rechnen, wenn sie den alten Mantel doch noch einen Winter lang tragen würde, sie ging in Gedanken alle Einsparmöglichkeiten durch, die ihr einfielen, aber es würde einfach nicht ausreichen.

Eine gut aussehende junge Frau war an den Stand gekommen, der Vater begrüßte sie herzlich und rief sofort dem Sohn zu, er solle mal sehen, wer eben gekommen sei. Der junge Mann ließ alles stehen und liegen um diese junge Frau zu begrüßen, er nahm sie in den Arm und küsste sie auf beide Wangen. Ob das seine Freundin war, sie war nicht sicher, die jungen Leute küssten sich ja heute immerzu und jeder küsste jeden, das hatte nichts zu bedeuten.

Sie war nur einmal flüchtig geküsst worden, von dem Mann in der Poststelle, als sie ihn nach dem Essen mit der Mutter zur Tür brachte. Sie hatte damals sofort gespürt, dass dies der Abschied war, er würde sie nicht noch einmal einladen und obwohl sie sich auch weiterhin täglich in der Firma sahen, sprach er sie nie mehr an.

Die Mutter hatte sie, als sie nach dem Kirschblütenfest spät nach Hause gekommen war zur Rede gestellt, sie hatte ihr auf den Kopf zugesagt, dass sie niemals so spät noch in der Firma gearbeitet habe und sie wolle sofort wissen, wer der Mann sei, der ihr so den Kopf verdreht habe, dass sie sogar ihre Mutter belügen würde. Sie hatte keine Wahl, sie musste alles der Mutter erzählen und sie wusste, dass die Aufforderung der Mutter, den Mann am nächsten Abend mit nach Hause zu einem gemeinsamen Abendessen zu bringen, nichts wirklich Gutes zu bedeuten hatte.

Sie hatte den Mann von der Poststelle am nächsten Morgen angesprochen, nur die Angst vor der Mutter hatte sie dazu gebracht, und ihn zum Abendbrot nach Hause eingeladen. Er schien erfreut zu sein und sagte sofort zu. An diesem Tag brachte sie in der Buchhaltung einiges durcheinander und die Gruppenleiterin fragt sie, ob sie denn krank sei oder ob etwas mit ihrer Mutter wäre.

Ihr Herz klopfte laut, als sie zusammen mit dem Mann nach Hause kam. Die Mutter erwartete sie schon, sie hatte sich ordentlich angezogen, den Tisch gedeckt, sogar das gute Porzellan hatte sie herausgeholt und der Auflauf, der dampfend auf den Tisch kam, roch so gut, alles schien auf einen friedlichen Abend hinzudeuten.

Als sie beim Nachtisch angekommen waren, fing die Mutter an zu reden, sie redete ohne anzuhalten, sie redete weiter, obwohl beide versuchten, sie zu stoppen, sie ließ sich nicht beirren. Sie erzählte, welch schweres Leben sie gehabt habe, ein Leben mit einem Mann, der es zu nichts gebracht habe und

dies setze sich nun bei der Tochter fort, sie, die Tochter sei langsam, träge, eigentlich so recht zu nichts zu gebrauchen, den Job in der Buchhaltung dieser Firma habe sie nur durch ihr persönliches Eingreifen bekommen und auch den werde sie wohl bald verlieren, wenn sie so weitermache, die Mutter belügen würde, um sich mit einem dahergelaufenen Mann zu verabreden. Er, der Mann aus der Poststelle müsse wissen, welch schlechten Charakter ihre Tochter habe, sie sei faul, unzuverlässig, immer nur auf ihren eigenen Vorteil bedacht, sie würde sogar sie, die alte und kranke Mutter hintergehen, nur um sich mit Männern herumzutreiben. Aber das habe nun ein Ende, sie werde es in Zukunft zu verhindern wissen und dazu sei ihr jedes Mittel recht, mit den jungen Männern habe sie auch kein Mitleid, die wollten sowieso immer nur das Eine. So redete die Mutter in einem fort und plötzlich stand der Mann aus der Poststelle auf, er hatte rote Flecken im Gesicht und sagte mühsam die Form zu wahren versuchend, er müsse nun nach Hause gehen und er habe verstanden. An der Wohnungstür küsste er sie flüchtig auf beide Wangen und sagte nur , schade'.
Die Firma war damals knapp an dem Konkurs vorbeigeschlittert, sie behielt ihre Arbeitsstelle in der Buchhaltung und so eintönig die Arbeit auch war, sie war froh dadurch wenigstens tagsüber den Nörgeleien ihrer Mutter zu entkommen.

Sie sah den jungen Mann mit der hübschen Frau ganz unbefangen plaudern, sie antwortete ihm vergnügt, es war offensichtlich, dass die beiden Freude an diesem Gespräch hatten. Sie sah sich die junge Frau ganz genau an, sie war hübsch, sie war jung und so voller Leben, wie sie es nie gewesen war, nie hatte sein können.

Sie konnte den Blick von den beiden nicht abwenden, sie musste die beiden einfach ansehen, ihnen zusehen, den Teller mit der roten Rose hielt sie immer noch in der Hand. Der Markt war inzwischen noch voller geworden, die Leute schoben sich an den Tischen der Aussteller entlang, sie stand gedankenverloren mittendrin und bemerkte gar nicht, wie sie langsam aber sicher mit der Menge mitgeschoben wurde.

Sie dachte über ihr einsames, trostloses Leben nach, sie dachte an die Mutter, die keine Freude zugelassen hatte und sie dachte an den Vater, der der Mutter nie widersprochen hatte, warum hatte er eigentlich nie widersprochen, warum hat er sich nie für seine Tochter eingesetzt, warum hat nicht wenigstens er seiner Tochter ein wenig Liebe geschenkt? Diese Fragen beschäftigten sie immer mehr, die Mutter war nun über ein Jahr tot, aber sie hatte heute noch dieselbe Macht über sie wie zu ihren Lebzeiten. Bei allem, was sie tat, fragte sie sich auch heute noch, was die Mutter dazu sagen würde, sie war die oberste Kontrollinstanz in ihrem Leben. Das einzige, was sie gemacht hatte, obwohl sie wusste, ihre Mutter hätte es nie gebilligt, war die Stellung in der Buchhaltung zu kündigen. Sie hatte es genau berechnet, bei äußerster Sparsamkeit konnte sie von dem kleinen Vermögen, das die Mutter hinterlassen hatte leben. Sie hatte sich nach der Kündigung wie befreit gefühlt, diese stumpfsinnigen Zahlen waren ihr immer so gleichgültig gewesen, dass sie immer wieder Fehler gemacht hatte, Beträge auf falschen Konten abgebucht oder falsche Beträge eingetragen hatte und jedes Mal gab es einen Verweis von der Gruppenleiterin.

Wie sehr ihr die Einsamkeit zu schaffen machen würde, das hatte sie allerdings nicht geahnt.
In den ersten Wochen nach dem Tod der Mutter war sie noch optimistisch gewesen, sie hatte gehofft, ihr Leben doch noch in den Griff zu bekommen und ein einigermaßen sinnvolles und vielleicht sogar ein klein wenig glückliches Leben führen zu können, aber diese Einsamkeit lähmte sie und innerlich dachte sie immer wieder, dass die Mutter recht gehabt hatte, dass sie im Leben zu nichts tauge.
Aber was hatte die Mutter denn für ein Leben geführt, warum hatte sie dem Ehemann und der Toch-

ter mit ihren Vorwürfen, ihren Launen und ihrer Missachtung das Leben so schwer gemacht? In all den Monaten hatte sie sich unentwegt mit ihrer Mutter beschäftigt und manchmal begriff sie für einen kurzen Augenblick dass sie trotz allem und nur sie für ihr Leben verantwortlich sei und dass sie auch jetzt noch Möglichkeiten hätte, etwas aus ihrem Leben zu machen. Diese Augenblicke waren immer genau so schnell verschwunden wie sie auftauchten, aber sie kamen immer wieder und manchmal konnte sie sie für eine kleine Weile festhalten. Dann begann sie zu träumen, es waren keine großen Träume von Reichtum, Familie, Kindern, das einzige was sie sich im Traum wie im Leben aus tiefstem Herzen wünschte, waren Freunde, Menschen, die sich für sie ein wenig interessierten, denen sie etwas bedeutete und für die auch sie etwas tun könnte. Aber da war niemand und sie wusste auch nicht, wie sie Menschen kennen lernen könnte. Ein- oder zweimal war ihre Nachbarin herübergekommen, um sich etwas auszuborgen, vielleicht wäre das doch eine Möglichkeit gewesen. Aber nein, diese Nachbarin hatte viele Freunde, warum sollte sie sich für sie interessieren?

In ihren trüben Gedanken versunken, hatte sie gar nicht bemerkt, dass sie mit der Menge mitgeschoben worden war und plötzlich vor dem Ausgang stand. Warum nur ließ sie es zu, dass die Mutter auch heute noch ihr Leben beherrschte, sie musste davon loskommen, sie musste ihr Leben gestalten, so gestalten, dass sie nicht genauso verbittert werden würde, wie ihre Mutter.

Sie dachte an die junge Frau, die so offen und so sicher auf sie gewirkt hatte, diese junge Frau hätte sich von ihrer Mutter bestimmt nie so schikanieren lassen, sie hätte sich gewehrt, gekämpft und sie hätte gesiegt, da war sie ganz sicher. Warum hatte sie das nie getan? Und vor allem, warum ließ sie sich auch jetzt noch von dieser Mutter beherrschen? Gedankenverloren setzte sie sich auf eine Bank vor dem Einkaufszentrum, sie dachte darüber nach, wie sie ihr Leben ändern könnte. Ihr war klar, dass dies nur in kleinen Schritten erfolgen könnte, sie würde nicht von heute auf morgen ein ausgefülltes Leben führen können, sie konnte sich doch nicht vollkommen verändern, sie konnte doch nur versuchen kleine Schritte in die richtige Richtung zu machen. Sie nahm sich vor, bei ihrer Nachbarin, die schon mehrmals zu ihr herübergekommen war, zu klingeln, unter irgendeinem Vorwand, da würde ihr schon etwas einfallen. Aber sofort kamen die Bedenken: Hatte nicht die Mutter immer gesagt, sie sei so langweilig und dumm, kein Mensch würde sich für sie interessieren, sie sei nur lästig. Schon wieder, die alles beherrschende Mutter, sie hatte sie immer noch im Griff. Sie würde sich darüber hinwegsetzen, sie musste versuchen, auf andere Menschen zuzugehen, wie um Himmels Willen sollte sie das denn schaffen?

Sie entschloss sich, nach Hause zu gehen und dort wollte sie einen Plan machen: Jeden Tag eine Aufgabe, die sie aus ihrer Einsamkeit ein wenig befreien könnte. Morgen wollte sie zu der Nachbarin gehen, das war das Erste. Sie wollte ihre Geldbörse aus der Tasche holen und bemerkte plötzlich, dass sie immer noch den Teller mit der roten Rose krampfhaft umklammert hielt. Vor Schreck und Entsetzen wäre ihr der Teller beinahe aus der Hand gefallen, was mussten der Vater und der Sohn wohl von ihr denken, sie musste den Teller sofort zurück bringen und sich entschuldigen. Ob die Beiden ihr wohl glauben würden? Was hatte sie da nur gemacht, die Mutter hatte wohl doch Recht, sie machte immer nur Fehler, sie taugte zu nichts.

Nein, sie würde es sich und der Mutter zeigen, sie würde sofort zu dem Stand gehen, sie würde alles erklären und niemand würde schlecht von ihr denken. Das war die erste Aufgabe, die sie zu lösen hatte und sie würde sie lösen, Aufgabe für Aufgabe, sie würde kein so trostloses Leben führen wie ihre

Mutter, sie würde auf jeden Fall alles versuchen, um aus diesem Leben noch etwas sinnvolles, vielleicht sogar etwas Schönes zu machen.

Langsam ging sie zurück zu dem Stand mit dem Meißener Porzellan, Vater und Sohn standen alleine an dem Tisch, es waren nur noch wenige Besucher in dem Zentrum. Mit hochrotem Kopf ging sie auf die Beiden zu, fing an, stotterte mühsam eine Erklärung, warum sie mit dem Teller verschwunden war. Wie erleichtert war sie, als die Beiden ihr den Teller abnahmen und sagten, sie hätten sich so etwas schon gedacht, sie wäre so in Gedanken versunken gewesen, sie hofften nur, sie hätte an etwas Schönes gedacht. Nein, sagte sie, es war nichts Schönes, aber sie hoffe, es sei der erste Schritt auf einem neuen Weg gewesen.

Sie bat den Vater, ihr den Teller nochmals in die Hand zu geben, sie hielt ihn fest und wusste, dass sie ihn behalten würde, behalten musste. Sie war fest entschlossen, den Teller zu kaufen, egal welchen Preis er hatte.
Dieser Tag, dieser Teller, das Bild der jungen, so selbstbewusst wirkenden Frau, das wollte sie festhalten. Sie wusste, sie würde nie so werden, aber ein wenig, vielleicht ein klein wenig würde sie von ihr übernehmen können.

Die Sammlung

Er landete in den frühen Morgenstunden in Fuhlsbüttel. Niemand erwartete ihn. Er hatte niemandem gesagt, wann er zurückkommen würde, nicht einmal seine Kinder wussten es. So stieg er am Flughafen in ein Taxi und ließ sich direkt zum Ohlsdorfer Friedhof fahren. Es war der erste Urlaub nach dem Tod seiner Frau gewesen, nie zuvor war er allein in den Urlaub gefahren und er hatte sich nie zuvor so lange von ihr getrennt.

Sonst war er täglich zu ihrem Grab gegangen, hatte ihr eine langstielige rote Rose aufs Grab gelegt und ihr von den Geschehnissen des Tages erzählt. Dieser tägliche Gang, die Zwiesprache mit ihr, das war ihm so sehr zum Bedürfnis geworden, dass kaum ein Tag verging ohne diese Stunde an ihrem Grab. Häufig verlor er die Beherrschung und weinte wie ein Kind. Er vermisste sie, sie hatte Licht und Freude in sein Leben gebracht, nun war sie nicht mehr da, würde ihn nie mehr mit ihrem strahlenden Lachen begrüßen, ihn nie mehr in den Arm nehmen.

Er war durch die Straßen New Yorks gegangen, all die Straßen, die sie beide früher so oft zusammen gegangen waren, besuchte die Museen, die sie sich gemeinsam angesehen hatten, und war sogar im selben Hotel abgestiegen. Er wollte ihr nahe sein. Seine Gedanken waren bei ihr, er überlegte im Restaurant, was sie bestellen würde, ging in die Theatervorstellungen, die sie ausgesucht hätte. Und doch hatte er nach einigen Tagen verwundert festgestellt, dass er manchmal fast fröhlich an sie dachte, und manchmal ertappte er sich dabei, dass er etwas tat, ohne an sie zu denken.

Er trat an ihr Grab, legte die 33 roten Rosen, die er noch auf dem Flughafen besorgt hatte, auf ihr Grab - für jeden Tag, den er fort gewesen war, eine Rose, und begann ihr zu erzählen, was er in dieser Zeit erlebt hatte. Er berichtete ausführlich, erzählte alle Erlebnisse und hatte dabei irgendwie das Gefühl, dass sie mit dieser Reise sehr einverstanden war. Fast schien es ihm, als hätte sie die Reise geplant und ihn dazu gedrängt, sie zu unternehmen.

Der lange Flug in der Nacht hatte ihn müde gemacht. Er stand langsam auf, verabschiedete sich von ihrem Grab, rief ein Taxi und ließ sich nach Hause fahren. Zum ersten Mal freute er sich auf sein Zuhause, obwohl es ohne sie leer war, einsam, trostlos. Er hatte seine Haushaltshilfe gebeten, an diesem Morgen zu kommen, um zu lüften, ein paar Blumen zu besorgen und an ihr Bild zu stellen. Sie sollte ihm auch ein Frühstück bereiten und Lebensmittel für die nächsten Tage einkaufen. Sie war zuverlässig und er freute sich schon auf frisch gebrühten Kaffee.

Das Taxi bog um die Straßenecke und sofort sah er den Polizeiwagen vor seiner Einfahrt stehen. Zu Tode erschrocken eilte er in die Auffahrt zum Haus. Er befürchtete, mit einem der Kinder könnte etwas geschehen sein. Wie erleichtert er war, als ein Polizist zu ihm kam, ihn fragte, ob er der Hausherr sei und ihm sagte, bei ihm sei in der letzten Nacht eingebrochen worden. Die Polizei bräuchte nun seine Hilfe bei der Aufnahme des Schadens.

Er ging ins Haus. Auf das, was ihn erwartete, war er nicht vorbereitet. Seine Haushaltshilfe stand vollkommen aufgelöst im Wohnzimmer, nichts stand dort mehr an seinem Platz. Die Bilder fehlten, sämtliche Schränke standen offen, das wertvolle Geschirr in der Vitrine, die alten Figuren und selbst die Teppiche - alles war weg. Die wertvollen Stücke, die er mit seiner Frau in langen Ehejahren gesammelt hatte, waren einfach nicht mehr da. Die alte Elfenbeinfigur, die sie gemeinsam in New York ersteigert hatten, auch sie war weg. Er hatte plötzlich das Gefühl, dass ihm alle Erinnerungen an seine Frau gestohlen worden waren, all die Dinge, die sie so sehr geliebt hatte, alles war verschwunden. Er setzte sich in einen Sessel, die Tränen liefen ihm die Wangen herunter, er begann haltlos zu schluchzen. Seine Haushaltshilfe brachte ihm eine Tasse heißen Kaffee. Vor wenigen Minuten hatte er sich noch so darauf gefreut, doch jetzt konnte er keinen Kaffee trinken. Er versuchte, sich das Wohnzimmer vorzustellen, wie er es verlassen hatte, sah die Bilder an den Wänden, sah seine Teppiche und bemerkte schon jetzt, wie die Bilder blasser wurden. Mit aller Kraft versuchte er, diese Bilder zurückzuholen, sein Kopf begann zu schmerzen, er fühlte jeden Herzschlag in den Schläfen, er ging nach oben und legte sich ins Bett. Sollte die Polizei ihre Arbeit doch ohne ihn erledigen, er konnte nicht helfen.

Auch in den oberen Räumen hatten die Einbrecher alles mitgenommen, was wertvoll war. Hier waren Profis am Werk gewesen. Erschöpft legte er sich ins Bett und schlief sofort ein. Traumlos schlief er Stunden um Stunden, seine Kinder waren inzwischen gekommen und sahen immer wieder besorgt bei ihm herein, er ließ sich nicht stören, er schlief weiter.

Am nächsten Morgen stand er auf, nun wusste er, was zu tun war. Alle Antiquitätengeschäfte, Messen und Auktionen würde er aufsuchen, er wollte seine Schätze wieder haben! Durch diese Dinge wollte er sich immer an seine Frau erinnern können, das Bild seiner Frau durfte nicht verblassen. Er wollte sie ganz nah bei sich haben und auch weiterhin sein Leben mit ihr teilen.

Gewissenhaft beantwortete er sämtliche Fragen der Polizei, informierte die Versicherung, beruhigte seine Kinder. Nach dem ersten Schock sei er wieder vollkommen in Ordnung, sie bräuchten sich keine Sorgen zu machen.

Dann begann er, einen Plan zu machen, wie er die verloren gegangenen Dinge wieder finden könnte. Für andere Menschen waren dies vermutlich nicht mehr als hübsche, bestenfalls wertvolle, in jedem Fall aber vollkommen leblose Gegenstände, nur für ihn waren sie mit Leben erfüllt, mit dem Leben seiner Frau, mit ihrem gemeinsamen Leben.

In den letzten Jahren hatte sie immer wieder Figuren der Meißener Porzellan Manufaktur gekauft, darauf wollte er sich zunächst konzentrieren. Er konnte nicht alles gleichzeitig in Angriff nehmen, das wäre zu viel geworden und so wollte er seine Suche mit diesen Figuren beginnen.

Ganz tief in seinem Inneren wusste er, dass es ziemlich aussichtslos war, tatsächlich seine Meißen Figuren wieder zu bekommen. Vielleicht war das für ihn aber auch nicht wichtig, er wollte nur die gleichen Figuren wieder-haben, dann konnte er sich immer vorstellen, wie seine Frau sie in der Hand gehalten hatte, wie sehr sie sich darüber gefreut hatte. Er sah nicht so sehr die Figuren, vor allem sah er ihr strahlendes Lächeln, ihre Freude daran, ihre unendliche Begeisterung. Sie hatte immer versucht, ihn dafür zu interessieren, er sollte sich die Figuren genau ansehen. Ihren Enthusiasmus konnte er dennoch nie mit ihr teilen. Für sich selbst hätte er sie nie gekauft, wertvoll wurden sie für ihn nur durch ihre Freude daran.

Seine Frau war ständig auf der Suche nach ausgefallenen Figuren gewesen. Und wenn sie welche entdeckt hatte, dann gab es kein Halten mehr, sie schien dabei unersättlich zu sein. Manchmal hatte er sich gefragt, was sie eigentlich mit all diesem Dingen machen wollte, die Schränke waren voll davon. Und dennoch hatte er letztendlich alle Käufe finanziert, obwohl ihre Wünsche seine finanziellen Möglichkeiten manches Mal sehr strapaziert hatten. Das Leuchten in ihren Augen hatte ihn immer für alles entschädigt. Es fiel ihm nicht schwer, auf eigene Wünsche zu verzichten.

Und nun war sie nicht mehr bei ihm und all ihre mit so großer Begeisterung gesammelten und sorgsam behüteten Schätze, die für ihn so sehr mit ihr verbunden waren, waren gestohlen worden. Nach dem Tod seiner Frau war er zum zweiten Mal Witwer geworden, so fühlte er sich. Und aus diesem Grunde versuchte er mit aller Kraft, diese Dinge wieder zu bekommen.

Beinahe 40 Jahre hatten sie zusammen gelebt, er liebte sie heute noch so wie am ersten Tag, als er sie damals an der Uni getroffen hatte. Sie hatte ihn sofort bezaubert, vom ersten Augenblick an war ihm klar gewesen, dass sie die einzige Frau war, mit der er sein Leben zusammen verbringen wollte, mit der er eine Familie gründen, Kinder haben wollte. Für ihn war sie perfekt, sie hatte keine Fehler, nicht für ihn und daran hatte sich in all den Jahren nichts geändert. Er liebte sie, er liebte sie vorbehaltlos und uneingeschränkt und nur der Tod hatte sie trennen können. Aber auch das stimmte eigentlich nicht, sie war immer noch ein Teil von ihm, der wichtigste Teil seines Lebens und er lebte auch heute, nach ihrem Tod, noch mit ihr zusammen. Er ließ sie an seinem Leben oder an dem, was davon übrig geblieben war, teilnehmen, erzählte ihr alles, fragte sie um Rat in allen Angelegenheiten und sehnte den

Tag herbei, an dem er wieder mit ihr zusammen sein würde.

Die Reise nach New York war ihm schwer gefallen, sie hatte immer alle Reisen organisiert, Ziele ausgesucht, Flüge gebucht, Hotels ausgewählt, so manches Mal wusste er auf dem Flughafen gar nicht so genau, wohin sie reisen wollten. Sie hatte Reisen ausgewählt, die immer sehr kostspielig gewesen waren, aber auch dies hatte er klaglos hingenommen, er hatte immer gewusst, dass für sie nur das Beste infrage kam. Sie war eine außergewöhnliche Frau, ihr Anspruch an das Leben war in seinen Augen gerechtfertigt. Sie hätte nicht in eine kleine Pension an der Ostsee gepasst, die besten Hotels in den großen Metropolen, das war das Umfeld, das zu ihr passte.

Während ihrer Krankheit hatte er sie gepflegt, war für sie da, wann immer er konnte, hatte jede freie Minute an ihrem Krankenbett verbracht und hatte doch immer das Gefühl, sie im Stich gelassen zu haben. Doch seltsamerweise hatte sie zum ersten Mal in ihrer Ehe nichts von ihm gefordert, sie hatte nicht geklagt, sie hatte gekämpft, sie hatte weiter leben wollen und ihre ganze Kraft dafür eingesetzt. Über die Krankheit, die ihm seine Liebe nehmen würde, war er mit der Zeit wohl ebenso gut informiert wie die behandelnden Ärzte. Er kannte alle neuen Ansätze zur Behandlung, kannte alle Alternativmethoden und wusste sehr bald, dass alles vergebens war. Ihr gegenüber zeigte er immer Optimismus, er hatte sie jedoch nicht täuschen können, dazu kannte sie ihn zu gut. Sie wusste, dass sie sterben musste und so viel sie immer vom Leben gefordert hatte, nun war sie bescheiden, sie wollte nur noch ihn in der Nähe wissen.

Es war eine sehr schwere Zeit gewesen, nie kam er zur Ruhe, musste für alles da sein und war doch selbst so im Innersten getroffen. Er hätte gerne mit ihr zusammen geweint, aber er musste stark sein, musste Stärke zeigen, um ihr die letzten Monate leichter zu machen. Es war aber auch eine Zeit gewesen, in der sie sich sehr nahe waren, so nahe wie nie zuvor, in der sie alles füreinander bedeutet hatten und in der sie alles miteinander geteilt hatten. Und dann war sie doch ganz plötzlich gestorben, hatte in der allerletzten Minute noch zu ihm gesagt: "lass mich nicht allein" und hatte dann aufgehört, zu atmen.

Er war an ihrem Bett zusammengebrochen, Stunden später war er in einem Krankenzimmer aufgewacht. Der Arzt war gekommen, hatte mit ihm gesprochen und ihm ein Beruhigungsmittel gegeben. Stundenlang hatte er geschlafen, erst am frühen Abend konnten ihn seine Kinder nach Hause bringen. Die Beerdigung musste vorbereitet werden, es musste alles genauso werden, wie sie es sich gewünscht hatte, es war das letzte Fest, das für sie ausgerichtet wurde und das sie selbst bis ins Letzte geplant hatte. Ihre Musikwünsche hatte sie genau aufgeschrieben, es sollten keine Kirchenlieder gespielt werden, keine traurige Musik. Im Mittelpunkt der Trauerfeier sollte Elvis Presleys 'Love me tender' stehen, das war ihr dringendster Wunsch gewesen und so geschah es dann auch. Der Pastor der nahe gelegenen Kirche hatte die Trauerpredigt gehalten, es war eine persönliche Predigt, in der er seine Frau gewürdigt hatte. Ihre ausgefallenen Musikwünsche hatte er alle erfüllt, es wurde kein einziges Kirchenlied gesungen und am Ende sangen alle mit bei Elvis 'Love me tender'. Es war eine sehr unkonventionelle Trauerfeier gewesen, eine andere hätte auch nicht zu ihr gepasst, das hatten alle so empfunden.

Von den großen Auktionshäusern hatte er sich die Kataloge besorgt und nun begann er, darin zu suchen. Sehr bald musste er feststellen, dass dieses Unterfangen ziemlich hoffnungslos war, es wurden so unendlich viele Figuren der Meißener Manufaktur angeboten und er musste sich eingestehen, dass er die unterschiedlichen Figuren kaum auseinanderhalten konnte, für ihn waren dies alles verschnörkelte, leicht kitschige Porzellanfiguren. Wirklich schön hatte er sie nie gefunden, aber darum war es auch nie gegangen.

Er musste anders vorgehen, vermutlich hatte seine Frau irgendwo Aufzeichnungen darüber gemacht, die Versicherung hatte sicher ein genaues Verzeichnis der Antiquitäten verlangt. Das waren alles Dinge, um die er sich nie gekümmert hatte, ihm war nur jedes Jahr die hohe Versicherungsprämie aufgefallen, er hatte sie bezahlt, wie er alles bezahlt hatte, was seine Frau haben wollte. Dunkel erinnerte er sich, dass die Versicherung am Tag nach dem Einbruch nach einer Aufstellung gefragt hatte. Er war dem nicht weiter nachgegangen und wollte sich auch nicht damit befassen. Jetzt, so schien es ihm, war es an der Zeit, danach zu suchen.

Das Zimmer seiner Frau war unverändert. Bisher hatte er sich immer gescheut, sich hier aufzuhalten, zu viele schmerzhafte Erinnerungen waren damit verbunden. In diesem Zimmer hatte sie die letzten Monate gelegen und er spürte wieder diese Hilflosigkeit, diese Unfähigkeit, ihr zu helfen, die ihn immer gequält hatte. Am Schreibtisch sitzend, öffnete er eine Schublade nach der anderen, es kam ihm wie ein Eindringen in eine verbotene Welt vor.

In einer der Schubladen fand er eine genaue Aufstellung, eine Liste aller gekauften Figuren und zu seinem großen Erstaunen fand er auch Aufzeichnungen, aus denen hervorging, dass sie regelmäßig Figuren verkauft und ohne sein Wissen neue gekauft hatte. Erstaunt sah er sich diese Listen und Aufzeichnungen an, er verstand dies alles nicht, wieso hatte sie einiges wieder verkauft, sie hatte sich dies doch alles ausgesucht und sich dringend gewünscht. Wieso hat sie ihm nichts davon erzählt? Sie hatten doch keine Geheimnisse voreinander gehabt. War das wirklich so? Hatte er jemals gewusst, was sie den ganzen Tag über machte, hatte er es überhaupt wissen wollen? Wenn er abends müde nach Hause kam, liebte er es, ihre Stimme zu hören, sie beruhigte ihn, entspannte ihn. Aber hatte er wirklich aufgenommen, was sie gesagt hatte?

Er spürte, wie sich Bedauern in ihm ausbreitete, das Gefühl von verpassten Gelegenheiten. Warum nur hatte er sich so selten die Mühe gemacht, ihr wirklich zuzuhören, sie zu fragen, auch zu fragen, warum sie all diese Figuren hatte haben wollen und warum sie sie dann wieder verkaufte. Hatte sie Geld gebraucht? Nein, das konnte es nicht sein, aus ihren Aufzeichnungen war zu ersehen, dass sie den Verkaufserlös sofort und ohne Abstriche zum Kauf neuer Figuren eingesetzt hatte. Er verstand nichts mehr und die Möglichkeit, dass seine Frau größere Geheimnisse vor ihm hatte haben können, beunruhigte ihn.

Im Internet versuchte er, etwas über Kändler herauszufinden, der Name tauchte immer wieder in ihren Aufzeichnungen auf, er schien eine gewisse Bedeutung zu haben. Dunkel glaubte er sich erinnern zu können, dass sie manchmal von ihm als einem Meister der Meißener Porzellankunst gesprochen hatte, aber mehr als eine undeutliche Erinnerung hatte er nicht. Jetzt tat es ihm weh, nie mit ihr über ihre Leidenschaft für diese alten Figuren gesprochen, sie insgeheim immer etwas belächelt zu haben. Er hatte es immer für eine luxuriöse Eskapade gehalten, und nun kam ihm der Gedanke, dass sie nicht einfach nur teure Kostbarkeiten kaufte, sondern dass vielmehr ein System dahinter steckte. Er musste unbedingt mit einem Fachmann darüber sprechen, er musste mehr darüber erfahren.

Er hatte sie geliebt, er liebte sie immer noch und doch hatte er schmerzhaft wenig von ihr gewusst, trotz der langen Zeit, die sie miteinander gelebt hatten. Einmal, ein einziges Mal, das fiel ihm jetzt wieder ein, hatte sie zu ihm gesagt, sie sei nicht sein Tanzbär. Sie hatte es vorwurfsvoll gesagt, vorwurfsvoll und traurig. Damals hatte er sich darüber gewundert, hatte es aber nicht hinterfragt, er hielt es für eine Laune von ihr, nichts von Bedeutung. In welchem Zusammenhang hatte sie das denn gesagt? Er konnte sich nicht erinnern, er wusste es einfach nicht mehr.

Am nächsten Morgen begann er mit der Suche nach einem Fachmann, jemandem, der sich mit altem Porzellan auskannte. Er wandte sich an die Handelskammer. Die junge Frau in der Telefonzentrale versuchte ihn irgendwohin weiter zu verbinden, aber nach endlos langem Klingeln legte er entnervt wieder auf. Schließlich rief er die örtliche Zeitung an, ihm war eingefallen, dass sie kürzlich eine Serie gebracht hatten mit dem Titel ‚Kunst oder Krempel‘. Leser hatten ihre echten oder vermeintlichen Kunstschätze dorthin bringen und sie von Fachleuten begutachten lassen können.
Er ließ sich mit dem zuständigen Redakteur verbinden und nach langem Hin und Her benannte dieser ihm einen Fachmann, der ihm sicher etwas über die Sammlung seiner Frau sagen konnte. Er rief ihn sofort an, nannte seinen Namen und sein Anliegen. Am anderen Ende war kurz vollkommene Stille, der Fachmann schien überrascht zu sein, seinen Namen zu hören. Bevor er danach fragen konnte, schlug sein Gesprächspartner vor, am nächsten Vormittag zu ihm zu kommen.

Punkt 10 Uhr stand er vor der Haustür und klingelte. Er sah gut aus, hochgewachsen, schlank mit grauen Strähnen in den dunklen Haaren, er war ihm auf Anhieb sympathisch. Er hatte Kaffee vorbereitet und brachte ihn ins Zimmer seiner Frau. Dorthin hatte er seinen Gast gebeten, alle verfügbaren Unterlagen waren in ihrem Schreibtisch aufbewahrt.
Sie tranken schweigend einen Schluck Kaffee, der Gast stellte die Tasse ab und begann zu sprechen. Er erzählte ihm, dass er seine Frau gekannt habe, er sei ihr immer wieder auf Auktionen begegnet und hätte sie als profunde Kennerin der von Kändler geschaffenen Figuren kennen und schätzen gelernt. Wenn sie auf eine Figur geboten habe, konnte man sicher sein, ein einwandfreies Exemplar vor sich zu haben. Er habe sich immer gefreut, sie zu treffen, über private Dinge habe sie nie gesprochen. Außer ihrem Namen und ihrer Leidenschaft für die Figuren von Kändler wusste er nichts von ihr. In Fachkreisen würde vermutet, dass sie die beste Sammlung dieser Figuren weit und breit besessen habe.

Ihm war heiß geworden, das Blut schoss ihm ins Gesicht, er konnte es nicht fassen, nie etwas davon bemerkt zu haben, nie gespürt zu haben, wie ernsthaft seine Frau sich mit diesen Dingen befasst hatte. Ihm hatte es immer genügt, in ihrer Nähe zu sein, ihre Nähe zu spüren, zu wissen, dass sie da war, für ihn da war. Wann hatte sie nur das mit dem Tanzbären gesagt und was hatte sie damit gemeint? War sie nicht glücklich gewesen mit ihm? Er dachte an die letzten Monate, in dieser schweren Zeit hatten sie wirklich alles miteinander geteilt, sie waren sich so nahe gewesen wie nie zuvor, das hatte ihn damals aufrecht gehalten, das hatte ihm die nötige Kraft gegeben, für sie da zu sein.

Eine leise Ahnung stieg in ihm auf, um wie viel reicher, erfüllter ihre Ehe hätte sein können, hätte er ihr doch nur einmal wirklich zugehört. Zerstreut sah er seinen Gast an, er gab sich einen Ruck, verabschiedete ihn. Die Figuren interessierten ihn nicht mehr, er brauchte jetzt Zeit und Ruhe, er musste darüber nachdenken, warum sie so zusammen gelebt hatten, warum er sich nie wirklich für die für sie so wichtigen Dinge interessiert hatte. Für die Sammlung hatte er sich zu ihren Lebzeiten nicht begeistert und nun war es zu spät.

Der Satz mit dem Tanzbär ging ihm nicht mehr aus dem Kopf. Was hatte sie damit gemeint? Was hatte ihr in ihrer Ehe gefehlt Nichts, nichts würde er mehr ändern können, das war ihm bewusst. Und dennoch verspürte er den unbändigen Drang, sich ihr jetzt, wo es zu spät war, zu nähern, sie zu begreifen.

Morgen

Die letzten Strahlen der untergehenden Sonne tauchen das Zimmer in ein warmes, freundliches Licht. Wie so oft in den letzten Monaten sitze ich am Fenster und schaue dem bunten Treiben dort draußen zu. Heute sitze ich zum letzten Mal hier. Morgen werde ich dieses Zimmer verlassen, ab morgen werde ich ein Teil des Lebens dort draußen sein. Ich werde eine letzte Nacht in der Geborgenheit dieses Zimmers verbringen, morgen werde ich mir erst eine neue Geborgenheit schaffen müssen.

Frau Dr. Dürr, die Therapeutin, die mich in diesen Monaten betreut hatte, ist soeben gegangen. „Morgen beginnt für Sie ein neues Leben, sehr viel wird für Sie neu und unbekannt sein, es wird ein Leben in Eigenverantwortung sein. Es wird nicht immer einfach sein, aber Sie werden es schaffen, Sie sind stark." Zum Abschied hatte sie mich in den Arm genommen, ich weinte, aber zum ersten Mal in meinem Leben hatte ich keine Angst vor dem Neuen, Unbekannten.
Morgen werde ich also in meine erste eigene Wohnung ziehen, werde ein freies Leben beginnen. In

den letzten Wochen habe ich diese Wohnung eingerichtet. Meine Anwältin hat das Finanzielle geregelt, Martin muss in den nächsten Jahren weiter für mich bezahlen und obwohl er sehr viel Geld hat, wird ihn jeder einzelne Cent bei der Überweisung schmerzen. Der Familienrichter hat ihn bei der Scheidung eindringlich auf die Folgen etwaiger Zahlungsverzögerungen hingewiesen, ich bin sicher, er wird in Zukunft seinen Verpflichtungen nachkommen.
Morgen also ist der große Tag, ich werde entlassen, ich werde frei sein, so frei und unabhängig wie noch nie zuvor in meinem Leben. Ich freue mich auf mein neues Leben, auf das Unbekannte, auf die Herausforderung.
An dem Tag, an dem ich hier eingeliefert worden bin, hätte ich mir das nicht vorstellen können. Damals hatte ich einfach nur sterben wollen, ich hatte alles verloren, ich wusste nicht weiter. Es war ein langer Weg gewesen, der mich immer weiter bergab geführt hatte, bis ich zuletzt ganz unten gelandet war. Ich war nur froh, dass mein Vater das nicht mehr erlebt hatte. Er war ein erfolgreicher Anwalt gewesen und ich sollte einmal in seine Fußstapfen treten. Ich hatte nach dem Abitur auf die Musikhochschule gehen wollen, mein größter Wunsch war es gewesen, mein Cello in einem Orchester spielen

zu können. Mein Lehrer hatte mich für ausreichend begabt gehalten, aber mein Vater hatte mich gezwungen, Jura zu studieren. Sicher hatte er gehofft, ich würde mich mit der Zeit dafür erwärmen und würde eine erfolgreiche Juristin werden können. Aber da hatte er sich gründlich getäuscht. Das Studium fiel mir sehr schwer, das Fach interessierte mich nicht und ich war und blieb die unbeholfene, schüchterne Studentin, die sich nichts zutraute.

Ich wohnte nach wie vor zu Hause bei meinem Vater. Ich wäre gerne ausgezogen, in eine eigene kleine Wohnung, aber mein Vater hatte das strikt abgelehnt. Sicher hatte er befürchtet, dass ich ohne seine tägliche Überwachung das Studium bald ganz aufgeben würde. Mein Tag war genau eingeteilt; morgens um 7 Uhr gab es das gemeinsame Frühstück, danach ging ich in die Uni zu den von Vater bestimmten Vorlesungen und Seminaren. Beim gemeinsamen Abendessen um 19 Uhr musste ich ihm dann Rede und Antwort stehen. Es war schlimmer wie ein Examen, Vater war unerbittlich, wenn ich etwas nicht wusste, musste ich nachschlagen, er bestand immer auf der richtigen Antwort oder korrekten Darlegung der Rechtslage. Ich versuchte mich täglich gut darauf vorzubereiten, aber wie sehr ich mich auch mühte, es fiel nie zu seiner Zufriedenheit aus. Die seltenen Abende, an denen Vater aus beruflichen Gründen zum Abendbrot nicht zu Hause sein konnte, waren für mich ein Geschenk des Himmels.

Niemand hat mir in dieser Situation geholfen, meine Mutter lebte nicht mehr und Freunde hatte ich keine. Mein Vater war meine Familie, es gab sonst niemanden. In dieser Zeit dachte ich zum ersten Mal über meine Mutter nach, vielleicht hätte sie mir geholfen, vielleicht hätte sie verstanden und akzeptiert, dass ich nie eine gute Juristin werden konnte, dass mein ganzes Interesse der Musik galt und nicht den trockenen Paragraphen. Ich wusste von meiner Mutter so gut wie gar nichts, Vater sprach nie von ihr und ich habe ihn nie gefragt. Es gab auch kein Bild von ihr, nichts, das an sie erinnert hätte. Ich hatte immer geglaubt, dass sie bei meiner Geburt gestorben ist, aber damals begann ich daran zu zweifeln. Bis heute weiß ich nicht, ob sie gestorben ist oder ob sie sich nur von Vater getrennt hatte. Niemand hat jemals mit mir über meine Mutter gesprochen und ich habe nie gefragt. Ich kannte es nicht anders, für mich war es ganz normal, dass es nur Vater und mich gab.

Anna, unsere Haushälterin war für mich die Mutter gewesen. Sie hatte mich getröstet, wenn ich mir wehgetan hatte, sie hatte mich in ihre Arme genommen und ich spüre heute noch die Wärme und Geborgenheit, die ich in ihren Armen empfunden hatte. Als ich größer wurde, hat sie mich nie mehr in den Arm genommen, obwohl ich manchmal dachte, sie würde es tun, aber im letzten Augenblick ließ sie die Arme sinken. Sie sah mich dabei so traurig an, dass ich immer das Gefühl hatte, etwas falsch gemacht zu haben. Ich hätte sie gerne gefragt, warum sie mich nicht mehr in ihre Arme nahm, aber ich habe mich nie getraut.

Mein Vater und ich lebten wie auf einem fernen Stern, abgeschottet von allen anderen. Es gab keine Besuche von Verwandten oder Freunden, es gab nur uns beide und Anna. Natürlich hatte mein Vater berufliche Kontakte und das waren auch die einzigen, seltenen Besucher im Haus. Hin und wieder brachte er junge Anwälte aus seiner Kanzlei mit nach Hause. Sie wollten noch an einem Fall weiterarbeiten, so sagte mein Vater immer. Heute vermute ich, dass er mir zeigen wollte, wie begeistert andere junge Menschen von Jura waren. Immerhin wurde ich an diesen Abenden nicht von meinem Vater abgefragt, er wollte seinen Mitarbeitern wohl nicht zeigen, welch hoffnungsloser Fall ich war.

So kam Martin zu uns ins Haus. Ich werde diesen Augenblick nie vergessen: Ich begrüßte meinen

Vater, sah Martin, der abwartend neben ihm stand. Martin war ein gutaussehender junger Mann, er hatte dichtes dunkles Haar und große blaue Augen. Er sah mich lächelnd an, gab mir zur Begrüßung die Hand und als er meine Hand in der seinen hielt, da durchfuhr es mich, es war wie wenn ein Blitz eingeschlagen hätte. Mir wurde heiß, das Blut schoss in meine Wangen, ich entzog ihm schnell meine Hand, ich konnte kein Wort zur Begrüßung sagen, die Stimme versagte und ich war froh, dass Anna gerade in diesem Augenblick kam und sagte, dass das Essen bereits auf dem Tisch stünde.

Wir saßen zu dritt am Tisch, die beiden unterhielten sich über irgendeinen schwierigen Fall, ich saß stumm daneben und starrte Martin an. Zum Glück waren Vater und Martin so in ihren Fall vertieft, dass keiner der beiden etwas bemerkte. Nach dem Essen nahm Vater Martin mit in sein Arbeitszimmer und ganz gegen meine Gewohnheit folgte ich den beiden. Um nichts in der Welt hätte ich darauf verzichten können, in Martins Nähe zu sein.

Vater und Martin diskutierten weiter über ihren Fall, ganz offensichtlich waren sie unterschiedlicher Auffassung über die Rechtslage. Mich interessierte das alles nicht, ich wollte nur Martin zuhören, ihn sehen, in seiner Nähe sein. Obwohl ich dem Gespräch nicht weiter folgte, bemerkte ich doch zu meinem großen Erstaunen, dass Martin meinem Vater ständig und heftig widersprach. Vater reagierte anfangs ärgerlich, aber im Laufe des Abends schien er von Martins Äußerungen immer mehr angetan zu sein. Ich beneidete ihn um sein selbstsicheres Auftreten.

Gegen Ende, als Martin schon im Aufbruch begriffen war, sagte mein Vater: „Margarete, ich freue mich sehr, dass du dich doch allmählich für die Arbeit eines Anwaltes zu interessieren scheinst“. Ich sah Martin an, er hatte sofort begriffen. Höflich lächelnd fragte er mich, ob ich am nächsten Tag mit ihm in die Oper gehen wollte, er habe zufällig Karten bekommen und würde sich freuen, wenn ich mitkommen würde. An meinen Vater gewandt, fragte er ihn, ob er etwas dagegen habe. Martin und Vater vereinbarten, um welche Zeit er mich abholen würde und obwohl ich natürlich liebend gerne mit Martin in die Oper gehen wollte, fühlte ich mich ein wenig übergangen.

In der Oper war ich in meinem Element. Es wurde Fidelio gespielt, ich hatte diese Aufführung schon einmal gesehen, ich kannte diese Oper sehr genau, ich fühlte mich sicher und Martin beinahe ein wenig überlegen. Als wir das Opernhaus verließen, meinte

Martin: „Ich wusste gar nicht dass du so opernbegeistert bist. Ich dachte, du hast nur dein Jurastudium im Kopf". „Jura? Jura studiere ich nur, weil Vater es so will. Ich wollte auf die Musikhochschule gehen, ich habe Cello gespielt und wollte das zu meinem Beruf machen". „Und wieso hast du das dann nicht gemacht? Wenn dich Jura nicht interessiert, hat dieses Studium doch keinen Sinn". „Sag das meinem Vater" seufzte ich, „ich würde auf Granit beißen, er hat sich Jura in den Kopf gesetzt und damit basta! Im Stillen hat er immer noch die Hoffnung, ich würde mich eines Tages dafür begeistern können. Er hätte lieber einen Sohn gehabt, vor allem einen Sohn, der ihm gleicht, sich für dieselben Dinge interessiert, den die tausend Paragraphen nicht langweilen, ich bin nicht das Kind, das er sich gewünscht hatte". Wir waren in dem kleinen Bistro angekommen, ich hätte noch so viel sagen wollen, aber als wir uns an den Tisch gesetzt und unseren Wein bestellt hatten, begann Martin von einem Fall zu erzählen, an dem er gerade arbeitete. Über meine Träume haben wir nie mehr gesprochen.

Die Sicherheit, die ich in der Oper Martin gegenüber gespürt hatte, verflog in dem Bistro sofort. Martin sprach über juristische Probleme und ich hörte nur still zu, ich war wieder die kleine, unbeholfene Studentin.

Martin hat mich von da an häufig abends eingeladen, wir gingen nie mehr in die Oper oder in die Musikhalle, er wählte immer etwas aus, das seinen Interessen entsprach. Ich wäre lieber in die Oper gegangen, aber das Wichtigste war für mich, mit Martin zusammen zu sein. Als Martin mir dann einen förmlichen Heiratsantrag machte und bei meinem Vater um meine Hand anhielt, da schien mein Glück perfekt zu sein.

Wir heirateten in aller Stille, es gab kein großes Fest, wie ich es mir gewünscht hätte, wir gingen nur zum Standesamt und anschließend mit den Trauzeugen, meinem Vater und einem Onkel von Martin zu einem kleinen Essen. Martin hatte außer diesem Onkel keine Verwandten, so sagte er jedenfalls. Ich habe dies nie in Frage gestellt, er hat nie von seiner Familie erzählt, aber das kannte ich ja aus eigener Erfahrung, ich habe mir nichts weiter dabei gedacht. Nach dem Essen gingen Vater und Martin in die Kanzlei und ich ging allein in unsere neue Wohnung. Das war der Beginn unserer Ehe.

Vater hatte mir zur Hochzeit einen Scheck überreicht und gesagt: „Damit könnt ihr eure Wohnung einrichten, ich denke, du solltest damit auskommen“. Martin überließ mir völlig freie Hand bei der Einrichtung, ich vermute aus Gleichgültigkeit.

Mein Studium habe ich sofort aufgegeben, Vater nahm es wortlos zur Kenntnis. Martin interessierte es nicht. Ich war unendlich froh, mich nicht mehr mit Paragraphen quälen zu müssen. Ich suchte meinen alten Cellolehrer auf und bat ihn, mir wieder Unterricht zu geben. Tagsüber war ich alleine in der Wohnung und konnte ungestört üben. Martin habe ich nichts davon erzählt, ich packte das Instrument immer weg, bevor er nach Hause kam.

Zusammen mit Martin bin ich in den nahe gelegenen Golfclub eingetreten. Mich interessierte das Golfspiel nicht, aber Martin war der Ansicht, dass in den Golfclubs die besten Kontakte zu knüpfen wären. „Eine Anwaltskanzlei ist darauf angewiesen, man braucht immer neue Mandanten und solche Kontakte lassen sich in diesem Umfeld am besten knüpfen. Du wirst hier deinen Teil beitragen, ich erwarte das von dir."

Bis zu unserer Hochzeit war Martin ein aufmerksamer, höflicher Mann gewesen, ich glaubte, das große Los gezogen zu haben. Beinahe unmerklich, langsam schleichend änderte sich Martin nach der Hochzeit. Eine Hochzeitsreise hatte er nicht machen wollen, in der Kanzlei sei zu viel zu tun, er arbeite gerade an einem schwierigen Fall, alles Ausreden, die mich in den folgenden Jahren begleiten sollten.

Ich wäre so gerne mit Martin nach Venedig gefahren, aber als ich es vorgeschlagen hatte, fuhr er mich barsch an: „Für solch einen romantischen Quatsch habe ich keine Zeit.“ Ich hatte betroffen geschwiegen, Martin war immer so freundlich gewesen, so abweisend kannte ich ihn gar nicht. Eine Reise sprach ich nie mehr an, ich liebte Martin und wollte alles zu seiner Zufriedenheit machen. Ich dachte, dass Martin mich ebenfalls lieben würde, sonst hätte er mich doch nicht geheiratet. Heute kann ich kaum noch glauben, wie naiv ich gewesen bin. Martins einziges Ziel war es gewesen, die Kanzlei meines Vaters eines Tages übernehmen zu können, ich war nur Mittel zum Zweck gewesen. Aber bis ich das erkannte, verging noch eine sehr lange Zeit.

Martin verließ jeden morgen früh die Wohnung und kam abends sehr spät nach Hause. Anfangs hatte ich es noch gewagt, ihn hin und wieder zu fragen, warum er denn so lange arbeiten müsse, mein Vater hätte abends nie so lange gearbeitet. Als er mich daraufhin anfuhr: „Du hast eben keine Ahnung, wie hart es heute im Berufsleben zugeht, du willst ja immer nur dein Vergnügen haben, zu etwas Ernsthaftem bist du doch gar nicht in der Lage“. „Lass mich doch in Ruhe mit deinem dummen Gerede, ich kann es nicht mehr hören“ hatte er noch hinzugefügt und war dann Türen knallend verschwunden. Seit diesem Tag habe ich ihn nie wieder gefragt.

Einmal rief ein Mitarbeiter an, er müsse Martin unbedingt sprechen, es sei sehr dringend, sonst hätte er es nicht gewagt, Martin an seinem Feierabend zu stören, er wisse ja, wie heilig Martin die Abende mit ihr, seiner Frau seien. Mein Herz begann zu hämmern, ich verstand gar nichts mehr. Wo sollte Martin denn sonst sein, wenn nicht im Büro. Hatte Martin mich angelogen, wo war er denn dann und warum sagte er mir nicht, wo er war. Lügen, immer nur Lügen, das konnte ich einfach nicht fassen. Ich hatte dem Mitarbeiter gesagt, er solle Martin nichts von diesem Anruf sagen. Hastig hatte ich den Hörer aufgelegt, ich zitterte am ganzen Körper. Ich wusste, dass ich es nicht wagen würde, Martin zur Rede zu stellen. Ich hatte Angst vor seiner Reaktion, ich hatte Angst davor, dass er nie wieder kommen würde.

In dieser Zeit habe ich begonnen, ihm nachzuspionieren. Ich folgte ihm morgens, wenn er ins Büro ging, ich wartete vor dem Büro bis er wieder herauskam und folgte ihm auch dann. So habe ich erfahren, wie er mich die ganze Zeit belogen hatte. Er verließ spätestens um 16 Uhr das Büro und ging direkt in die Wohnung einer jungen Frau, die ich aus dem Golfclub flüchtig kannte. Martin führte zwei Ehen, zwei Leben, nein, eigentlich nur eines und das war nicht meines. Als ich das entdeckt hatte, brach eine Welt in mir zusammen und ich fragte mich immer wieder, warum er mich denn überhaupt geheiratet hatte. Er war ein exzellenter Jurist, er hatte es doch nicht nötig gehabt, mich wegen meines Vaters zu heiraten.

Ich fragte mich, ob mein Vater von Martins Doppelleben wusste, aber vermutlich interessierte es ihn gar nicht, mein Vater war glücklich, einen Nachfolger in der Kanzlei zu haben, das war das Einzige, das ihn interessierte. In Martin hatte er nun doch noch einen Sohn gefunden, der seinen Vorstellungen entsprach.

Obwohl ich nun von Martins Doppelleben wusste, habe ich ihn nie zur Rede gestellt, nie auch nur ein Wort darüber verloren. Die junge Frau traf ich hin und wieder im Golfclub, ich versuchte mich ihr gegenüber normal zu verhalten, ich konnte ihr auch nicht wirklich böse sein, konnte ich doch ihre Liebe zu Martin gut verstehen. Ich habe alles hingenommen, in der Hoffnung, Martin dadurch nicht zu verlieren, denn eines war für mich ganz klar: Ich konnte alles ertragen, wenn er nur bei mir blieb.

Solange mein Vater lebte, hielt Martin den Schein so einigermaßen aufrecht. Hin und wieder fuhr er mit seiner Freundin in den Urlaub, mir erzählte er dann etwas von einem Seminar an einem weit entfernten Ort. Einmal bin ich den beiden nachgefahren, an den Gardasee, ein Brief des Reisebüros war versehentlich nach Hause geschickt worden, ich hatte ihn ahnungslos geöffnet und so wusste ich, wohin sie fuhren.

Ein paar Tage nach Martin fuhr ich also an den Gardasee, mietete mich in einer kleinen Pension ein. Ich habe die beiden schnell ausfindig gemacht und von da an folgte ich ihnen, immer darauf bedacht, nicht entdeckt zu werden. Aber diese Angst war überflüssig, sie hatten nur Augen füreinander. Ich beobachtete sie, bis sie in ihrem Hotel ins Zimmer, ins Bett gingen, dann ging ich in meine kleine Pension, legte mich ins Bett und träumte von Martin.
Als mein Vater starb, vermachte er sein ganzes Vermögen Martin. Ich bekam lediglich ein paar Schmuckstücke, ich weiß nicht, ob sie von meiner Mutter oder meiner Großmutter stammten. Dazu noch einen Brief meines Vaters, in dem er mir mitteilte, dass Martin sein Alleinerbe sei. Ich hätte ja bewiesen, dass ich nicht in der Lage sei, mein Leben selbständig und eigenverantwortlich zu gestalten. Ich wusste, dass ich meinen Pflichtteil hätte

beanspruchen können, aber ich tat es nicht, weil ich Martins Reaktion fürchtete.

Kein halbes Jahr nach Vaters Tod, teilte mir Martin in knappen Worten mit, er würde noch am selben Abend ausziehen und die Scheidung einreichen. Er war früher als sonst nach Hause gekommen, ich hatte mich törichterweise gefreut, einen kurzen Augenblick hatte ich gehofft, er wäre meinetwegen früher gekommen. Ich war auf ihn zugegangen, blieb neben dem kleinen Tisch stehen, auf dem er immer eine Karaffe mit Whisky stehen hatte. Ich wollte ihm gerade ein Glas einschenken, als er zu reden begann: "Ich bin nur gekommen, ein paar Sachen zu holen, ich ziehe aus, unsere Ehe war von Anfang an eine Farce. Morgen kommt der Spediteur und holt den mir zustehenden Teil aus der Wohnung". Die Karaffe in der Hand haltend, starrte ich ihn fassungslos an. Ich war wie gelähmt, konnte mich nicht rühren, mühsam hielt ich die Tränen zurück. Ich wollte etwas sagen, ich wollte sagen, dass er das nicht tun könne, er könne mich doch nicht verlassen, aber es kam kein Laut über meine Lippen. Martin war ans Fenster gegangen, er hatte die ganze Zeit nach draußen geschaut, als er sich dann umdrehte, mich anschaute, mit einem seltsamen Lächeln im Gesicht, da explodierte etwas in mir, ich sah die Karaffe in meiner Hand und warf sie mit aller Wucht gegen ihn. Obwohl Martin sich blitzschnell geduckt hatte, traf die Karaffe ihn noch an der Schläfe, klirrend fiel sie zu Boden, der Whisky breitete sich sofort überall aus. Martin blutete an der linken Augenbraue, er kam auf mich zu, mit hoch erhobenem Arm, so als wollte er gleich zuschlagen. Im letzten Augenblick wandte er sich ab und ging wortlos hinaus. Der ganze Raum roch nach Whisky, der Whisky verteilte sich auf dem Parkett sehr schnell, der Geruch war intensiv, wurde immer intensiver bis es nur noch diesen Geruch gab, es gab nur noch diesen sich auf dem Parkett verteilenden Whisky, sonst nichts mehr. An diesem Abend habe ich mich zum ersten Mal betrunken.

Martin habe ich nicht wieder gesehen. Als ich am nächsten Tag zu mir kam, war er weg. Keine Nachricht, nichts. Am Nachmittag kam ein Spediteur und nahm die von Martin gekennzeichneten Dinge mit. Als die Männer die Wohnung verlassen hatten, holte ich mir eine Flasche Whisky. Ich hatte sie ausgetrunken, noch bevor es dunkel wurde. In den nächsten Wochen und Monate trank ich wohl jeden Tag eine Flasche Whisky, nichts anderes, keinen anderen Schnaps, kein Wein, kein Bier. Immer nur Whisky, nur mit Whisky ließ sich der Schmerz betäuben.

Von einem Anwalt kam ein Schreiben, ich ließ es liegen, ich hatte nicht den Mut, es zu öffnen. Vermutlich war es Martins Anwalt. Dann kam ein zweites Schreiben. Ich legte es zu dem anderen Schreiben dazu. Ich versuchte die Schreiben zu vergessen, aber sie starrten mich immer unheilverkündend an. Ich trank mir Mut an und irgendwann spätabends habe ich die Briefe geöffnet. Der Anwalt teilte mir mit, dass Martin die Scheidung eingereicht habe und dass er Martins Interessen vertrete. Ich solle mir ebenfalls einen Anwalt suchen.

Den Brief in Händen suchte ich meinen Whisky, ich fand keinen, ich hatte in der Nacht zuvor wohl die letzte Flasche ausgetrunken. Ich musste sofort einen Whisky haben, nur Whisky würde mich jetzt einigermaßen beruhigen können. Ich ging zu meinem Auto, das seit Monaten unberührt in der Garage stand und fuhr zur nächsten Tankstelle, nur dort konnte ich mitten in der Nacht noch Whisky bekommen. Ich kaufte gleich zwei Flaschen und öffnete im Auto sofort die erste.

Dann fuhr ich los, ich wollte schnell nach Hause. Ich muss sehr schnell gefahren sein, ich erinnere mich an ein parkendes Auto, das ich erst in letzter Sekunde gesehen hatte. Ich weiß noch, dass ich das Steuer herumgerissen habe, diesem Auto gerade noch hatte ausweichen können, aber dann muss ich gegen ein anderes Auto gefahren sein. Ich hörte es krachen und klirren, ich geriet in totale Panik und gab Vollgas, ich musste so schnell wie möglich weg, niemand durfte mich hier sehen.

Ich fuhr das Auto in die Tiefgarage, stellte ab und hastete nach oben, ohne mir den Schaden genauer anzusehen. In der Wohnung angekommen, setzte ich mich aufs Sofa und trank einfach weiter, es gab kein Halten mehr.

Am nächsten Tag wachte ich vor dem Sofa liegend auf, überall war Erbrochenes, es stank entsetzlich und über allem lag der penetrante Whiskygeruch. Es klingelte an der Tür, ich wollte niemanden sehen, ich hörte nicht hin. Ich blieb einfach liegen. Langsam kam die Erinnerung an die letzte Nacht wieder, bruchstückhaft, ich wusste, irgendetwas war vorgefallen, aber ich konnte mich nicht daran erinnern, was es gewesen war. Ich zermarterte mir den Kopf und erst, als ich die auf dem Boden liegenden Autoschlüssel sah, fiel mir wieder ein, wie ich dem parkenden Auto ausgewichen war und dann hörte ich wieder das Krachen und Klirren.

Ob das die Polizei war, die geklingelt hatte. Panik ergriff mich. Hatte ich nur Autos beschädigt, oder war auch jemand verletzt worden. Ich musste hier weg gehen, ich musste sofort weg, ich konnte doch nicht warten, bis die Polizei mich holen würde. Egal wohin, nur weg, das war mein einziger Gedanke.

Ich stellte mich unter die Dusche, eiskaltes Wasser sollte mich wieder auf die Beine bringen. Mir war so elend, ich hätte einfach liegen bleiben wollen, aber die Angst war noch größer gewesen. Ich packte einen kleinen Koffer mit dem Nötigsten. Niemand stand vor der Tür, als ich die Wohnung verließ. Mit der S-Bahn fuhr ich zum Hauptbahnhof, ich hoffte, dort im Reisezentrum ein Zimmer in einer Pension zu finden. Dann überlegte ich es mir anders und beschloss, einfach am nahe gelegenen Steindamm ein Zimmer zu suchen. Ich wusste schon dass das mitten im Rotlichtmilieu war, aber ich hatte die Hoffnung, dass mich dort niemand suchen würde.

Ich wohnte über mehrere Wochen dort, selten verließ ich mein Zimmer. Whisky konnte ich über den Zimmerservice bestellen, außer zum Frühstück, das mir aufs Zimmer gebracht wurde, aß ich nicht viel. Ich war mit meiner Angst und meinem Kummer alleine, abgeschlossen von der übrigen Welt.

Das Zimmer bezahlte ich einmal in der Woche, ich holte mit meiner EC-Karte an einem in der Nähe gelegenen Geldautomaten die benötigte Summe. Eines Tages, als ich wieder bezahlen wollte, nahm der Automat meine Karte nicht an, Konto nicht gedeckt oder gesperrt. Ich stand da, starr vor Schreck, sah zu, wie der Automat sich wieder verschloss, ich hämmerte auf ihn ein, ich wollte meine Karte wieder haben, wie sollte ich denn sonst bezahlen, Die Bank hatte bereits geschlossen, aber ich hätte mich sicher nicht getraut, hineinzugehen und zu fragen, was passiert sei. Plötzlich dachte ich voller Entsetzen: ‘Die Polizei hat doch leichtes Spiel, mich zu finden, sie müssen doch nur die Bank befragen, wann und wo ich Geld abgehoben habe. Panik ergriff mich, totale Panik, ich war zu keinem klaren Gedanken mehr fähig. Ich fühlte mich wie gelähmt, mühsam schleppte ich mich zu dem Hotel zurück und versuchte am Portier ungesehen vorbei zu kommen. Er sah mich sofort, ich muss schrecklich ausgesehen haben, denn er fragte, ob er einen Arzt rufen solle, was mit mir los sei, ob ich einen Unfall gehabt habe. Ich schüttelte nur stumm den Kopf, ging so schnell ich konnte in mein Zimmer. Oben angekommen griff ich zur Whiskyflasche, öffnete sie, führte sie zum Mund, hielt inne, nein, ich durfte jetzt nicht trinken, ich ließ den Arm sinken, die Flasche entglitt meinen Händen, fiel auf den Boden. Langsam lief der Whisky aus der Flasche, Tropfen für Tropfen, ich sah wie gebannt zu, ohne mich zu bewegen. Ich weiß nicht, wie lange ich da gestanden hatte und ich weiß nicht, wie lange ich noch da gestanden hätte, wenn nicht plötzlich das Telefon geklingelt hätte. Ich zuckte zusammen, hier hatte noch nie jemand angerufen, das war sicher die Polizei, wer sollte es denn sonst sein. Sicher hatten sie mich über die Bank ausfindig gemacht, das Konto gesperrt und nun würden sie mich holen. Vielleicht hatte ich doch jemanden angefahren. Auf den Gedanken, dass die Polizei mich sicher nicht erst durch einen Telefonanruf warnen würde, bin ich nicht gekommen. Ich packte hastig ein paar Sachen zusammen, wahllos, planlos. Ich steckte alles in eine Plastiktüte und verließ fluchtartig mein Zimmer. Ich nahm nicht den Fahrstuhl, ich hoffte, ungesehen aus dem Hotel zu kommen. Als ich auf der Straße stand, war ich zunächst erleichtert, aber wohin sollte ich denn gehen? Ich konnte mich an niemanden wenden, die Polizei war mir auf den Fersen, davon war ich fest überzeugt. Meine Plastiktüte unterm Arm ging ich zunächst zum Bahnhof, ich wollte in den erstbesten ICE einsteigen und weg fahren, so weit weg wie möglich. Ich ging zum Fahrkartenschalter und erst als mich der Beamte fragte, wohin ich den wolle, dachte ich wieder daran, dass ich kein Geld hatte. Ich stammelte etwas von ‚anders überlegt' und ging so schnell ich konnte weiter. Ich verließ den Bahnhof wieder und ging hinunter zur Alster, ging über die Lombardsbrücke auf die andere Seite der Alster, ging weiter Richtung Krugkoppelbrücke, vorbei am amerikanischen Konsulat, sah die Polizei, die das Konsulat bewachte und floh weiter an der Alster entlang. Erst als ich sicher sein konnte, dass keiner der Polizisten mir gefolgt war, ging ich langsamer weiter. Mein Herz raste, es pochte wie wild gegen meine Brust, ich konnte nur schwer atmen. Am oberen Ende der Alster setzte ich mich endlich auf eine Parkbank, neben mir lag die Plastiktüte, sie enthielt alles, was ich noch besaß.

An diesem Tag begann mein Leben als Obdachlose. Ich hatte nur noch wenig Bargeld bei mir und als einzige Wertsachen die goldene Kette und das Armband meiner Mutter oder Großmutter.

Ich blieb auf der Parkbank sitzen. Die Dämmerung brach herein, ich blieb regungslos sitzen. Es wurde dunkel, ich blieb einfach sitzen. So verbrachte ich die ganze Nacht, ich bin kein einziges Mal aufgestanden, erst als am Morgen die Sonne über den Dächern der Stadt zu sehen war, da bin ich endlich aufgestanden. Ich ging zum Dammtorbahnhof, auf der Toilette machte ich mich ein wenig frisch. Als ich mich im Spiegel sah, erschrak ich.

Ich blieb den ganzen Tag auf dem Bahnhof, ich wusste einfach nicht, wohin ich hätte gehen können. Als am Abend plötzlich Polizisten auftauchten, floh ich so schnell ich konnte. Ich ging wieder denselben Weg wie am Tag zuvor, über die Lombardsbrücke an der Außenalster entlang und ich setzte mich wieder auf dieselbe Parkbank. Gegessen hatte ich den ganzen Tag nichts, ich hatte nur Wasser getrunken, Wasser, das ich auf der Dammtortoilette in eine gefundene Plastikflasche gefüllt hatte. So verbrachte ich auch die zweite Nacht auf der Parkbank sitzend. Zum Glück war es warm, ich hatte nicht einmal eine Decke bei mir. Jetzt hätte ich einen Whisky gebraucht, ich traute mich aber nirgendwo hin. So ging es ein paar Tage, tagsüber ging ich zum Bahnhof und nachts setzte ich mich auf meine Bank.

Dann traf ich Helene. Sie kam an einem Abend zu meiner Bank, setzte sich neben mich und sprach mich an. Helene war seit langem obdachlos, sie erzählte mir ihre traurige Geschichte und zum ersten Mal erzählte ich einem anderen Menschen von meinem verpfuschten Leben. Sie hörte sich alles ruhig an, schnaubte nur ab und zu verächtlich, wenn ich von Martin sprach und als ich mit meiner Erzählung am Ende war, nahm sie mich wortlos in den Arm. Ich weinte, weinte in ihren Armen.

Helene half mir in den nächsten Wochen, sie zeigte mir, wo man sich waschen konnte, wo man etwas zu essen bekam. Sie organisierte mir eine Decke, wir waren unzertrennlich. Sie war meine erste wirkliche Freundin. Wir setzten uns gemeinsam vors Alsterhaus und bettelten. Anfangs hatte ich noch Angst gehabt, Menschen aus meinem früheren Leben zu begegnen. Hin und wieder sah ich auch jemanden aus dem Club, sie sahen mich aber nicht oder erkannten mich nicht. Alle gingen achtlos an mir vorbei, sahen über mich hinweg. Keiner erwartete, mich hier als Bettlerin zu sehen, niemand bemerkte mich.

Mit der Zeit machte ich mir sogar einen Spaß daraus, sie anzusprechen: "Eine kleine milde Gabe, gnädige Frau, ich bin unverschuldet in Not geraten…." Soweit kam ich meistens nicht, sie eilten so schnell es ging weiter, manche warfen mir noch eine Münze zu, aber alle beschleunigten den Schritt, wenn ich sie ansprach.

Im Laufe eines Tages bekamen wir genügend Geld zusammen, um etwas zum Essen zu kaufen. Ich hätte mir auch hin und wieder einen Whisky kaufen könne, aber seit Helene hier war, hatte ich kein Bedürfnis mehr danach. Wir trafen auch andere Obdachlose, Helene kannte die meisten, wir blieben aber nie länger mit den anderen zusammen.

Und an einem Morgen war Helene plötzlich verschwunden. Ich suchte sie überall, ich konnte sie nicht finden. Ich ging überall dorthin, wo ich mit ihr gewesen war, sie war wie vom Erdboden verschluckt. Ich war wieder alleine, aber jetzt konnte ich die Einsamkeit nur noch schwer ertragen. Ich konnte mir nicht vorstellen, dass sie einfach nur so weggegangen war und ich machte mir Sorgen. Aber alle Bemühungen sie zu finden oder etwas über sie zu erfahren, blieben erfolglos.

Dann begann ich wieder Martin aufzulauern. Es war leicht gewesen, ihn zu finden, er hatte sein altes Leben nicht wesentlich verändert. Der einzige Unterschied zu früher war, dass er nun ganz bei seiner Freundin wohnen konnte. Ich verfolgte ihn wenn er am späten Nachmittag die Kanzlei verließ. Er wohnte mit seiner Freundin nur wenige Minuten von der Kanzlei entfernt und ging diese paar Schritte immer zu Fuß. Warum ich wieder begonnen hatte, Martin zu verfolgen, kann ich nicht sagen, vielleicht war es nur wegen der Leere und Einsamkeit seit Helenes Verschwinden.

In der zweiten Woche passierte dann das Unglück. Die Freundin hatte Martin in der Kanzlei abgeholt, sie gingen gemeinsam zum Eppendorfer Baum, in ein Geschäft für Babyausstattung. Als ich das sah, schnürte es mir die Kehle zu. Wie gern hätte ich ein Kind gehabt. Ein Kind hätte meinem Leben einen Sinn gegeben, aber Martin hatte kein Kind haben wollen. Die beiden kamen nach langer Zeit strahlend aus dem Geschäft heraus und da war es aus mit meiner Beherrschung. Ich stürzte mich auf die beiden, ich schlug, kratzte und biss Martin, der vollkommen überrumpelt war und sich im ersten Augenblick nicht wehren konnte. Ich schrie ihn an und schlug wie wild auf ihn ein, es muss ein fürchterlicher Anblick gewesen sein: Ich, die verwahrloste Obdachlose und auf der anderen Seite Martin und seine Freundin, beide gepflegt und elegant, krasser hätte der Gegensatz nicht sein können. Irgendjemand muss die Polizei gerufen haben, die mich dann hierher gebracht hatte.
Ich war ganz unten angekommen, ich hatte keine Familie, keine Freunde. Mir war alles gleichgültig, ich wollte mit niemandem reden, niemanden sehen, man sollte mich einfach nur in Ruhe lassen. Lange Zeit hat es gedauert, bis ich begriffen habe, dass sich mir hier in dieser Klinik eine Chance bot, aber irgendwann war der Bann gebrochen.

Morgen werde ich entlassen, ich werde nun für mich alleine verantwortlich sein. Anna hat mir vor einiger Zeit geschrieben, ich weiß nicht, wie sie mich gefunden hat. „Ich werde dich so bald wie möglich besuchen, schrieb sie und „ich habe dir viel zu erzählen“. Anna ist die einzige Verbindung zu meinem früheren Leben, zu meinem Vater und vielleicht auch zu meiner Mutter. Ich freue mich auf ihren Besuch.

Ich habe meine Anwältin gebeten, die Polizei zu befragen, was damals bei meiner nächtlichen Autofahrt passiert ist. Der Polizei war kein Unfall in dieser Nacht bekannt.

Sprachlos

Über Nacht hatte das Wetter gewechselt. Regen und Sturm hatten die bisher so schönen Spätsommertage vertrieben. Marga saß am Frühstückstisch in der kleinen Pension, sie wusste nicht, wie sie den Tag verbringen sollte. Seit ihrer Ankunft vor ein paar Tagen war sie täglich am Strand entlang gewandert, jeden Morgen von ihrer Pension aus zum Brodener Steilufer und weiter bis nach Timmendorf. Nach einer kurzen Rast ging sie am Nachmittag den Weg wieder zurück ohne die Schönheit der Küstenlandschaft wahr zu nehmen. Sie war jeden Abend früh ins Bett gegangen, vor Erschöpfung sofort eingeschlafen, aber nach einem kurzen, wenig erholsamen Schlaf aufgewacht. Ihre Gedanken kreisten unaufhörlich um das, was Johannes an jenem Abend gesagt hatte, bevor sie fluchtartig das Haus verlassen hatte und hierher gefahren war.

Sie war an die Ostsee gefahren, um in Ruhe über alles nachdenken zu können. Sie liebte diese Gegend. Im Frühjahr, wenn die blühenden Rapsfelder die Landschaft in ein leuchtendes Gelb tauchten ebenso wie im Sommer, wenn das Blau des Himmels in das Blau des Meeres überging. Alles schien so ruhig und friedlich zu sein, Marga hatte schon oft gedacht, dass sie gerne hier leben würde. Jedes Jahr, wenn Johannes mit seiner Männergruppe in die Alpen zum Bergsteigen gefahren war, ist sie hierhergekommen. Sie hatte immer in dieser kleinen Pension gewohnt, in der sie sich beinahe wie zu Hause fühlte, aber diesmal war alles anders. Johannes war nicht in den Bergen, Johannes war zu Hause und sie war hier, weil ihr Leben aus den Fugen geraten war. Unschlüssig stand Marga vom Frühstückstisch auf, sie hatte kaum etwas vom dem reichhaltigen Buffet genommen. Frau Kleinschmidt, die Besitzerin der Pension kam auf sie zu und sagte: „Sie haben ja heute wieder gar nichts gegessen, möchten Sie etwas anderes haben, wir erfüllen ihre Wünsche sehr gerne, sagen Sie doch einfach Bescheid“. Marga lächelte mühsam „Nein danke, alles ist bestens, Ihr Frühstück ist so schön wie all die Jahre. ich habe nur keinen Hunger“. Marga wollte mit niemandem sprechen, auch nicht über das Frühstücksbuffet. Sie ließ Frau Kleinschmidt einfach stehen und ging so schnell sie konnte hinaus in die Eingangshalle. Ein Blick nach draußen zeigte ihr, dass es vollkommen unmöglich war, ihre gewohnte Wanderung zu machen. Der Sturm war so heftig, dass die wenigen Menschen die auf der Straße zu sehen waren, ihre Schirme nicht öffnen konnten. Jeder versuchte so schnell wie möglich ein Dach über den Kopf zu bekommen.

Marga ging nach oben in ihr Zimmer und setzte sich ans Fenster. Sie sah hinaus, ohne wirklich etwas wahr zu nehmen. Immer wieder sah sie Johannes Gesicht, seinen Mund, der gesagt hatte: „Wir haben uns auseinandergelebt, wir haben uns nichts mehr zu sagen, wir reden nicht mehr miteinander, du hast dich vollkommen verändert. Seit deiner Erkrankung bist du ein anderer Mensch geworden. Du schottest dich ab, du lässt mich nicht mehr teilhaben an deinem Leben." Und dann hatte er noch gesagt, dass er so nicht leben könne und er sich von ihr trennen wolle. Marga hatte ihn entsetzt angesehen, er konnte doch nicht solche Dinge sagen, sie war aufgestanden, zu ihm hingegangen, hatte in das vertraute Gesicht gesehen, das auf einmal so weit entfernt, so fremd war. Sie hatte etwas sagen wollen, aber sie hatte keinen Ton heraus gebracht und plötzlich hatte sie ausgeholt und ihn mitten ins Gesicht geschlagen. Johannes hatte sich nicht gerührt, er blieb regungslos sitzen und hatte sie angesehen. Marga war aus dem Zimmer gerannt, hatte ein paar Sachen in den kleinen Koffer gestopft und war hierher an die See gefahren.

Ihr bisher so geordnetes Leben war aus den Fugen geraten, nicht erst seit jenem Abend, begonnen hatte alles vor zwei Jahren. Die Beschwerden, die sie anfangs für harmlos gehalten hatte, waren immer schlimmer geworden, beeinträchtigten und ängstigten sie zunehmend. Als sie nach langem Zögern endlich zum Hausarzt gegangen war, hatte der sie sofort an den Neurologen verwiesen und dieser hatte den Verdacht bestätigt: Parkinson. Dies war die Erklärung für das unkontrollierte Zittern des Armes, die unendliche Langsamkeit der Bewegungen, die ständige Erschöpfung. Lange Zeit hatte Marga für alles eine harmlose Erklärung gesucht und gefunden, die zunehmende Schlaflosigkeit und vor allem die immer stärker werdenden Schmerzen im Arm hatten sie gezwungen, sich den Tatsachen zu stellen. Marga hatte den Arzt entsetzt angesehen, wie gelähmt war sie dagesessen. Sie konnte es nicht fassen, Parkinson würde sie nun nie mehr verlassen, eine chronische Krankheit, weiter fortschreitend, unheilbar, all dies dröhnte unablässig in ihrem Kopf. Krank für den Rest des Lebens. Dieses eine Wort, so harmlos klingend, Parkinson, dies würde nun ihr Leben bestimmen, immer mehr, immer stärker, ohne dass sie sich dagegen wehren konnte. Ja, hatte sie zu dem Arzt gesagt, ich werde die Tabletten nehmen, sie war aufgestanden und gegangen.

Marga spürte auch jetzt noch das Entsetzen, das sie damals befallen und das sie bis heute nicht mehr los gelassen hatte. Sie sah hinaus, es regnete noch immer, sie stand auf, zog ihre Regenjacke an und setzte die Regenmütze auf. Sie musste hinausgehen, sie konnte nicht den ganzen Tag hier sitzen und grübeln. Draußen peitschte ihr der Wind ins Gesicht, ihre Mütze wäre beinahe weggeweht. Sie hielt die Mütze fest und ging los, den Kopf nach unten gesenkt, um den Regen nicht direkt ins Gesicht zu bekommen. So schnell wie möglich ging sie zu dem nahe gelegenen Einkaufszentrum.

Von ihren früheren Besuchen her kannte Marga die meisten Geschäfte hier, in einer der Boutiquen hatte sie regelmäßig eingekauft. Als sie vor dem Schaufenster stand, kam die Verkäuferin sofort heraus und begrüßte sie: „Schön Sie mal wieder hier zu sehen, kommen Sie doch herein, ich zeige Ihnen die neue Herbst- und Wintermode, dieser Tag ist doch wie dafür geschaffen. Ich habe frisch gebrühten Kaffee – oder trinken Sie heute lieber eine Tasse Tee?“ Marga ging mit in das Geschäft, sie hätte nicht gewusst, was sie sonst tun sollte und sagte: „Eine Tasse Tee wäre wunderbar“. Auf dem kleinen Sofa sitzend sah Marga der Verkäuferin zu, wie sie Jacken, Hosen, Röcke aus der Winterkollektion vorführte. Es waren hübsche Dinge, Marga hätte früher bestimmt einiges davon gekauft, hätte sich daran erfreut und hätte diese Dinge dann voller Stolz Johannes vorgeführt. Bei diesem Gedanken stand sie abrupt auf, verabschiedete sich hastig von der verblüfften Verkäuferin und ging hinaus. Am anderen Ende des Zentrums war ein kleines Café, sie ging direkt dorthin, sie musste sich einfach setzen. Da es noch früh am Tag war, hoffte sie ein stilles Eckchen für sich alleine zu finden und erschrak, als sie sah, wie voll es bereits war. Nur wenige Plätze waren noch frei und sie musste sich wohl oder übel zu einem Paar an den Tisch setzen. Die beiden unterhielten sich angeregt, unterbrachen ihre Unterhaltung nur kurz, um Marga zu begrüßen. So war es früher mit Johannes gewesen, ihnen war der Gesprächsstoff nie ausgegangen, sie hatten sich immer über die schweigsamen Paare lustig gemacht. So war es gewesen bis zu ihrer Erkrankung, danach war alles anders geworden.

Marga war damals direkt aus der Arztpraxis in die nächste Buchhandlung gegangen und hatte alles gekauft, was sie über diese Krankheit finden konnte. Sie hatte alles gelesen, einmal, zweimal und wenn sie alle Bücher durch hatte, hatte sie wieder von vorne angefangen. Sie wachte mit dem Gedanken an Parkinson auf und hatte tagsüber Mühe, ihren Pflichten nachzukommen. Sie hatte es einfach nicht fassen können, Parkinson, das war eine Krankheit, die nicht zu ihr passte, Parkinson hatten alte Männer. Der Papst hatte Parkinson gehabt. Die Bilder dieses Mannes, der sein Leiden so öffentlich gezeigt hatte, diese Bilder, die nun auf einmal ihre Bilder waren, verfolgten sie seitdem.

Auf Johannes Drängen war sie nochmals mit ihm zusammen zum Neurologen gegangen. Johannes hatte viele Fragen gestellt, er wollte alles über Parkinson wissen. Marga hatte nur teilnahmslos dabei gesessen, sie wollte mit niemandem darüber sprechen, nicht mit dem Arzt und schon gar nicht mit Johannes. Alle weiteren Versuche von Johannes, mit ihr darüber zu reden, hatte sie immer brüsk unterbunden. Sie waren ein schweigsames Paar geworden. Über die Dinge, die beiden auf der Seele brannten, wollte sie nicht sprechen und nur Belanglosigkeiten austauschen wollten beide nicht.

Marga seufzte unwillkürlich, die Beiden am Tisch sahen sie erstaunt an: „Geht es Ihnen nicht gut, können wir etwas für sie tun“? fragten sie besorgt “Sie sind ja ganz blass, sollen wir einen Arzt rufen?“ „Nein, nein“, wehrte Marga ab, „ich bin nicht krank - ich meine, ich brauche keinen Arzt, lassen Sie sich nicht stören, es ist nichts.“ Die Bedienung brachte den bestellten Tee und Marga wärmte ihre eiskalten Hände an dem heißen Glas. Sie spürte die Wärme, die sie ein wenig entspannte.

Seit ihrer Erkrankung hatte sie sich verändert, das wusste sie. Aber sie hatte nie darüber nachgedacht, was es für Johannes bedeutete. Anfangs hatte sie nichts mehr richtig wahrgenommen, sie lebte in einer grauen Nebelwand. Marga war einigermaßen regelmäßig zum Arzt gegangen, sie hatte den täglichen Pillenplan widerwillig eingehalten. Als die Medikamente allmählich ihre Wirkung gezeigt hatten, die Beschwerden weitgehend verschwunden waren, hatte sie wieder am Leben teilgenommen, über ihre Erkrankung hatte sie mit niemandem gesprochen. Es kostete sie viel Kraft, nach außen so weiter zu leben wie bisher, es niemanden wissen zu lassen, aber es schien ihr die einzige Möglichkeit zu sein.

Irgendwann war sie dann beim Stöbern im Internet auf eine Selbsthilfegruppe gestoßen. Von da an war sie regelmäßig in den Chatroom gegangen. Hier konnte sie offen über alle ihre Probleme sprechen. Niemand kannte sie und so sollte es auch bleiben. Ihre Probleme waren auch die Probleme der anderen, sie wussten, wovon sie sprach. Es hatte gut getan, ihre Sorgen einmal abladen zu können. Die anderen wurden ihr im Lauf der Zeit so vertraut, dass es für sie eines Tages ganz selbstverständlich gewesen war, zu den Treffen hinzugehen. Sie hatte sich in diesem Kreis wohl gefühlt und hatte immer mehr Zeit mit ihnen verbracht. Johannes hatte sie anfangs gebeten, ihn zu diesen Treffen mitzunehmen, aber sie hatte das strikt abgelehnt und mit der Zeit hatte er auch nicht mehr gefragt. Damals hatte es begonnen, dass sie in zwei völlig verschiedenen Welten lebten. Welten, die voneinander absolut getrennt waren. Johannes hatte keinen Zugang zu ihrer Welt und sie interessierte sich nicht mehr für seine Welt.

Marga hatte zwar im Lauf der Zeit gelernt, auch mit Nichtbetroffenen über ihre Krankheit zu sprechen, aber nicht mit Johannes. Sie hatte ein paar Versuche unternommen, aber die Kehle war ihr wie zugeschnürt gewesen, sie hatte kein Wort herausgebracht. Warum nur hatte sie mit Johannes nicht darüber sprechen können? Sein Leben war doch auch davon betroffen, war es die Angst, nur noch als Kranke, Hilfsbedürftige gesehen zu werden? Sie hatten doch sonst immer über alles gesprochen, gemeinsam eine Lösung für Probleme gesucht, warum konnte sie das jetzt nicht?

Das Paar an ihrem Tisch bezahlte, Marga bestellte bei der Bedienung noch ein Glas Tee. Die beiden standen auf und verabschiedeten sich von ihr. So ein harmonisches Paar waren wir auch einmal, dachte Marga als sie den beiden nachsah. Warum hatten sie das nicht bewahren können, warum hatten sie sich so auseinander gelebt? Was hatte sie eigentlich von Johannes erwartet, wie hätte er denn auf ihre Erkrankung reagieren sollen? Was hatte er falsch gemacht? Was hätte sie anders machen müssen? Wäre es möglich, nochmals einen Weg zueinander zu finden? Diese Fragen drängten sich Marga auf, sie musste eine Antwort finden.

Und plötzlich wusste sie, was sie tun musste. Mitglieder der Selbsthilfegruppe hatten sie damals bedrängt, eine Therapie zu beginnen. „Du musst lernen, mit der Krankheit umzugehen, sie als einen Teil von dir zu akzeptieren. Es hilft dir nichts, wenn du versuchst, dies zu ignorieren, Parkinson wird dich nicht mehr verlassen, dagegen kannst du nichts tun. Du kannst nur lernen, damit zu leben, hole dir professionelle Hilfe." Die Therapie hatte sie, anfangs ohne große Hoffnung begonnen, aber in den langen Stunden begann sie doch zu lernen, mit dieser Krankheit umzugehen. Nach einiger Zeit hatte sie die Therapie abgebrochen, sie hatte gedacht, dass sie es nun alleine packen würde. Das war sicher falsch, dachte Marga, ich hätte nicht auf halbem Weg aufhören sollen.

Marga bezahlte und ging zurück in ihre Pension. Sie setzte sich an den kleinen Schreibtisch und schrieb an ihren Therapeuten. Sie schrieb ihm, was passiert war und dass sie alleine nicht weiter wüsste. An Johannes schrieb sie ebenfalls. Es war nur ein kurzer Brief, sie schrieb ihm, dass sie voraussichtlich Ende der Woche zurückkommen würde. In den Brief legte sie den winzig kleinen Elefanten aus Elfenbein, den sie immer als ihren Glücksbringer bei sich getragen hatte.

Der Regen hatte noch nicht nachgelassen, nur der Sturm hatte sich ein wenig gelegt, als Marga die Briefe zur Post brachte.

Mit den Augen des Freundes

Herbert hatte den Freund am Flughafen abgeholt. Er war nicht mit seinem eigenen Wagen gekommen, sie fuhren mit dem Taxi zu ihm nach Hause. Renate hatte ein leichtes Essen vorbereitet. Wie in früheren Zeiten saßen sie zu dritt am Tisch, die Unterhaltung war lebhaft. Die Freunde hatten sich seit mehr als 20 Jahren nicht mehr gesehen, seit Reinhard mit seiner Frau nach Australien gegangen war. Der Kontakt war zwar nie abgebrochen, sie teilten sich in kurzen, knappen Briefen das Wichtigste mit, sie hatten sich aber seither nicht mehr gesehen. Erst in den letzten Jahren hatten sie damit begonnen, sich zumindest an den Geburtstagen kurz anzurufen. Aber beide hatten bei diesen kurzen Gesprächen nie über die Dinge gesprochen, die sie wirklich beschäftigten.

Nach dem Essen sagte Renate: „Ihr Beiden geht jetzt in Herberts Büro, ich bringe euch den Kaffee und ihr könnt dann ganz ungestört eure damals unterbrochenen Gespräche fortführe“. Herbert sah seine Frau dankbar an, sie hatte mal wieder gespürt, dass er den lang entbehrten Freund gerne für sich alleine haben wollte. Es gab so viele Dinge, die ihn bewegten und die er mit ihm besprechen wollte.

Herberts Büro war groß und von Licht durchflutet. Der Schreibtisch stand in einem Halbrund vor dem Fenster und beherrschte den ganzen Raum. Zahlreiche Papierberge waren darauf, dazu mittendrin eine halbvolle Kaffeetasse, eine angeknabberte Praline lag daneben, es sah chaotisch aus. Reinhard lachte, als er dies sah: “Sag mal, alter Freund, behauptest du immer noch, hinter diesem Chaos stecke Ordnung? Du nanntest es damals immer dein kreatives Chaos, anscheinend hat sich nichts verändert.“ „Nein, und Renate findet meine Unordnung immer noch entsetzlich.“ Schmunzelnd fügte er hinzu: „Dieses Zimmer ist immer wieder guter Stoff für einen ordentlichen Ehekrach.“ Herbert stockte einen Moment. „Nein, Reinhard, insoweit hat sich nichts verändert. Und doch ist alles anders geworden.“

Reinhard sah den Freund nachdenklich an. Sie kannten sich seit der gemeinsamen Studentenzeit vor vielen Jahren. Im ersten Semester lernten sie sich kennen, beide hatten damals hochfliegende Pläne und Erwartungen. Sie wollten nicht nur Architekten sein, sie wollten einen eigenen, unverwechselbaren Stil entwickeln und es war von Anfang an klar gewesen, dass sie dies gemeinsam erreichen wollten. Nach bestandenem Examen gründeten sie zusammen ein Architekturbüro. Herbert war der Kreativere von ihnen beiden gewesen, er,

Reinhard, hatte dafür das bessere Organisationstalent. Er hatte Herberts Ideen umgesetzt, die Bauausführung überwacht und vor allem die ausgefallenen Ideen so umgesetzt, dass sie im Kern erhalten geblieben waren, zugleich aber den Bedürfnissen der Bewohner entgegen kamen. Sie waren ein ideales Team gewesen und jeder hatte ihnen eine große Zukunft vorhergesagt.

An der perfekten Zusammenarbeit änderte sich auch nichts, als Herbert Renate kennen lernte. Nun waren sie zu dritt, Renate war Innenarchitektin, eine sehr gute und ideenreiche Innenarchitektin, die ihr Team gut ergänzte. Schwierig wurde es erst, als Miriam auftauchte. Miriam, ebenfalls Architektin, war Australierin und hatte in Deutschland studiert. An Land, Leute und Klima hatte sie sich nie gewöhnen können. Reinhard hatte sich Hals über Kopf in sie verliebt und damit war das Ende ihrer gemeinsamen Arbeit vorprogrammiert gewesen.

Miriam konnte sich nicht in die bisher so harmonische Welt der Freunde einfügen. Herbert und Renate hatten sich anfangs noch sehr um Miriam bemüht, ohne Erfolg. Miriam hielt Reinhard immer vor, er lasse sich von Herbert ausnützen, er sei nur der hilfreiche Idiot für den Freund und seine eigenen Ideen würden verloren gehen.

Als Miriam ihn dann vor die Wahl gestellt hatte, er solle mit ihr nach Australien gehen oder sie würde sich von ihm trennen, da hatte er sich schweren Herzens entschlossen, zusammen mit ihr ans andere Ende der Welt zu gehen. Es war ein Entschluss, den er schon bald bereut hatte. Beruflich konnte er nur schwer Fuß fassen in dem fremden Land und als der Erfolg ausblieb, ging schließlich auch die Ehe in die Brüche. Er blieb dennoch in Australien, weil er seinem Sohn nahe sein wollte. Er hatte eine Anstellung in einem Architekturbüro gefunden und obwohl die Arbeit eintönig und wenig anspruchsvoll war, kam er einigermaßen zurecht. Er lebte alleine, er wollte keine neue Beziehung eingehen, er hatte zu viel verloren.

Als Renates Hilferuf kam, hatte er keine Minute gezögert, er hatte den nächsten Flug gebucht und war gekommen. Der Freund brauchte ihn und trotz der schlimmen Nachricht freute er sich auf das Wiedersehen. Renate hatte ihm geschrieben, dass Herbert an einer seltenen Augenkrankheit leiden und innerhalb kurzer Zeit vollkommen erblinden würde. Die Ärzte konnten ihm keine Hoffnung machen, er sah bereits jetzt nur noch undeutliche Konturen und auch dies würde innerhalb der nächsten Monate nicht mehr möglich sein. Herbert würde schon bald seinen Beruf nicht mehr ausüben können, all seine Pläne waren durch diese Erkrankung zunichte gemacht worden. Sie wusste sich keinen anderen Rat mehr, als ihn, den ältesten Freund, um Hilfe zu bitten.

Reinhard hatte die wichtigsten Dinge noch erledigt, hatte sich von seinem Sohn verabschiedet, ihm war klar, dass er nicht so schnell zurückkehren würde. Er hatte Renate kurz angerufen, ihr seine Ankunftszeit mitgeteilt und ihr gesagt, sie solle Herbert ausrichten, er wäre wegen des Nachlasses seiner kürzlich verstorbenen Mutter nach Deutschland gekommen. Er wollte Herbert die Möglichkeit geben, ihm die schlimme Nachricht selbst zu übermitteln.

Herbert begann zu sprechen, er sprach leise, mit monotoner Stimme, Reinhard hatte Mühe, ihn zu verstehen. "Du wirst dich gewundert haben, dass ich dich nicht mit dem eigenen Auto am Flughafen abgeholt habe. Ich kann nicht mehr Auto fahren, ich darf nicht mehr Auto fahren und das ist erst der Anfang." Herbert hielt inne, er konnte nur mühsam weiter sprechen: "Mir ist das Schlimmste passiert, das einem Architekten passieren kann: Ich werde in wenigen Wochen nicht mehr sehen können. Schon jetzt erkenne ich die Dinge nur noch sehr undeutlich. Die Ärzte haben einen Namen dafür, Makuladegeneration, es ist nicht heilbar."

Voller Anteilnahme hörte Reinhard dem Freund zu. „Wie soll ich denn noch arbeiten, ohne wirklich zu sehen. Ich kann meine eigenen Entwürfe nicht mehr sehen! Wie soll ich denn weiterleben, ohne meine Arbeit? Wie soll ich noch Ideen entwickeln, wenn ich die Umsetzung nicht sehen kann, wie soll ich Materialien aussuchen, wenn ich sie gar nicht sehen kann? Reinhard, ich stehe vor dem absoluten Aus, mein Leben ist zu Ende, so möchte ich nicht weiter leben.“ Reinhard zögerte, was sollte er dem Freund antworten? Ihn beschwichtigen, ihm sagen, es gäbe Schlimmeres, nein, das konnte er nicht, er wollte ihm nichts vormachen, was würde er denn empfinden, wenn er nicht mehr sehen könnte?

„Herbert, ich will ganz offen zu dir sein. Renate hat mich über deine Krankheit informiert und wie verzweifelt du bist. Deswegen bin ich sofort gekommen, ich hatte das Bedürfnis, in deiner Nähe zu sein, wenn ich auch nicht weiß, wie ich dir helfen könnte.“ Reinhard atmetet tief durch und fuhr fort: „Wir haben damals so viel gemeinsam erlebt, ich habe unsere Freundschaft nie vergessen. Erinnerst du dich an all unsere Pläne? Was wollten wir nicht alles bauen, die Architektur neu erfinden. Für mich war dieser Traum zu Ende, als ich nach Australien kam. Ich konnte dort nie Fuß fassen, ich bin kläglich gescheitert und habe es hundert-, ja tausendmal bereut, damals nicht auf euch gehört zu haben. Mich hat die Liebe blind gemacht, ich konnte nicht sehen, obwohl ich zwei gesunde Augen hatte. Du hast damals sehr viel genauer gesehen, auf was ich mich eingelassen habe, du hast es gesehen und konntest es mir doch nicht klar machen."

„Nein Reinhard, ich bin nicht sicher, ob ich es wirklich sah oder ob es nur mein egoistischer Wunsch war, dich hier festzuhalten. Nein, ich habe auch damals nicht gut genug gesehen, ich habe damals auch nur an mich gedacht. Unsere Träume, sie waren für mich so wichtig und ich habe nicht gesehen, ich wollte nicht sehen, dass es für dich Wichtigeres gab. Und heute stehe ich vor einem Scherbenhaufen, ich werde nicht mehr arbeiten können und was bleibt dann von meinem Leben noch übrig?" Reinhard hatte ihm nachdenklich zugehört, das Leben bestand doch nicht nur aus Arbeit und beruflichem Erfolg. Gerade Herbert hatte so viel mehr erreicht im Leben: Er hatte eine Familie, Renate und die beiden Söhne liebten ihn und waren für ihn da.
Zögernd begann Reinhard zu antworten: "Als Miriam mich damals verlassen hatte, schien für mich ebenfalls alles aus zu sein. Ich hatte für Miriam alles aufgegeben und nun war ich ihr nicht gut genug. Ich habe sie geliebt, ich war verzweifelt

und wusste nicht weiter. Ein guter Freund sagte damals zu mir, ich solle doch einmal den Koffer meines Lebens packen. Alle positiven Dinge meines Lebens in das eine Fach und alle negativen in das andere. Und wenn ich wirklich alles eingepackt hätte, dann würde ich sofort sehen, welches Fach das besser gefüllte sei. Zunächst fand ich diese Idee albern, aber allmählich wuchs in mir die Bereitschaft, dieses Experiment anzugehen. Ich packte meinen Koffer und war erstaunt, wie viele positive Dinge sich darin einfanden. Es gab trotz allem so viel Schönes in meinem Leben, allem voran natürlich mein Sohn, aber auch Freunde, Menschen, die mir nahe stehen, die mir etwas bedeuten und denen ich etwas bedeute."

Nach einer Pause, in der beide Freunde ihren Gedanken nachhingen, fuhr Reinhard fort: „In das Fach mit den schönen Dingen gehört für mich auch unsere Freundschaft. Ich habe damals oft daran gedacht, an dich, an unsere Studentenzeit. Weißt du noch, wie wir beide in unseren Buden unsere Traumhäuser gebaut haben? Nächtelang haben wir uns gegenseitig beschrieben, wie diese Häuser aussehen sollen, welche Materialien wir verwendeten, wir gingen bis ins kleinste Detail. Beide sahen wir unsere Häuser ganz genau, ich sah deine und du meine. Wir haben sie diskutiert, wir haben die Entwürfe geändert, ergänzt, so lange bis wir beide mit dem Ergebnis zufrieden waren." „Natürlich erinnere ich mich daran, Reinhard, und einen Teil dieser Träume habe ich später sogar verwirklicht. Ich habe mich bei der Planung und Ausführung genau an unsere Diskussionen erinnert und deine Einwände auch berücksichtigt, du bist bei diesen Bauten eigentlich immer neben mir gestanden, das wollte ich dir schon lange einmal sagen. Wir waren damals ein eingespieltes Team. Mir hast du in all den Jahren sehr gefehlt, ich habe manche Ausschreibung verloren, weil meine Pläne für den Alltag nicht geeignet waren. Mir hat jemand wie du gefehlt, der meine Absichten erkannte und sie im Kern bewahrt und für den Alltag tauglich gemacht hätte."

Herbert schenkte Kaffee ein, den Renate gebracht hatte, und Reinhard sah, welche Mühe er dabei hatte, den Kaffee nicht neben die Tasse zu gießen. Er wollte ihm die Kanne abnehmen, hielt sich aber im letzten Augenblick zurück. Als Herbert sich wieder in seinen bequemen Sessel gesetzt hatte, begann Reinhard: „Glaubst du nicht auch, dass unsere Freundschaft etwas ganz Besonderes war und auch heute noch ist? Vielleicht war das damals nur eine Art Probelauf und nun kommt der Ernst. Vielleicht ist es doch möglich, unsere Träume von damals weiter zu träumen."

Renate kam herein, sie sah Herbert fragend an. „Setz dich zu uns, Renate, wie in alten Zeiten." Renate setzte sich zu den Freunden und nahm sich eine Tasse Kaffee. Herbert sah seine Frau an: „Reinhard und ich sprachen gerade von unserer Studentenzeit und unseren ersten gemeinsamen Entwürfen." Renate lachte: „Ich erinnere mich gut an Eure irrsinnigen Konstruktionen. Und ich durfte dann die Räume ohne Wände einrichten." „Ja, irgendwo mussten die Akten untergebracht werden, du hast das damals genial gelöst". „Ihr beide seid schon ein gutes Team gewesen, etwas verrückt, aber gut". Renate schmunzelte, „ich überlege gerade, ob…."

Reinhard war längst aufgestanden und hatte von Herberts Schreibtisch Papier und Bleistift geholt.

Matthias

Der Briefkasten platzte aus allen Nähten, als ich nach dem kurzen Urlaub die Post holte. Unter den bunten Werbesendungen fiel der Brief mit dem schwarzen Rand sofort ins Auge. Zögernd öffnete ich den Umschlag, las den Namen und begriff für einen kurzen Augenblick gar nichts. Ich las den Namen noch einmal und sah schließlich alles klar vor meinen Augen: Matthias Steiner, geboren 1938, gestorben 2008. Matthias. Dieser Name hatte einmal alles für mich bedeutet, vor langer Zeit. Lange hatte ich nicht mehr an ihn gedacht, vergessen hatte ich ihn jedoch nie. Der Traueranzeige lag ein Brief bei, von mir unbekannter Hand geschrieben.

„Liebe Dorothea,

So darf ich Sie doch nennen? Matthias hatte oft von Ihnen gesprochen und Sie sind mir dadurch sehr vertraut geworden, obwohl wir uns nie wirklich gesehen haben.

Matthias ist am vergangenen Sonntag gestorben. Obwohl sich dieser Tod schon lange angekündigt hatte, fällt es mir doch schwer, es zu begreifen. Schon viele Jahre war sein Geist verwirrt gewesen, er konnte sich an fast nichts mehr erinnern, sich nicht mehr unterhalten. Es war traurig, mit ansehen zu müssen, wie gerade ein so brillanter Mann nur noch dahin vegetierte.Die Jahre zuvor war er mir immer ein guter Partner und Freund gewesen. Wir hatten eine schöne Zeit zusammen. Selbst die letzten Jahre, als er vollständig auf meine Hilfe angewiesen war, hätte ich nicht missen wollen.

Matthias hat viel von Ihnen erzählt. Er hat Sie nie vergessen und ich weiß, auf seine Art hat er Sie sehr geliebt. Er hat Sie nie aus den Augen verloren und glauben Sie mir, wenn Sie in Schwierigkeiten gekommen wären, er wäre sofort zur Stelle gewesen. Er fühlte sich immer noch für Sie verantwortlich. Ihren Werdegang hat er verfolgt, solange er konnte, und er hat viele der Sendungen, die Sie moderiert haben, aufgezeichnet. In den letzten Jahren habe ich sie ihm immer mal wieder vorgespielt, vielleicht hat er noch etwas davon wahrgenommen, ich weiß es nicht, aber ich hatte es immer gehofft. Auf diese Weise haben Sie ihn bis an sein Lebensende begleitet.
Das wollte ich Sie gern wissen lassen.
Ihr Hannes“

Ich hielt den Brief in Händen und weinte. Später las ich die Anzeige genauer und sah den Termin der Beerdigung. Es war heute, ich sah auf die Uhr, es war zu spät, in einer Stunde würde die Trauerfeier beginnen. Zu spät, um Abschied zu nehmen.

Die Erinnerung an die gemeinsame Zeit war wieder ganz lebendig. Bei einem Seminar an der Tübinger Universität hatte ich Matthias kennen gelernt. Ich studierte Geschichte und Politologie und hatte an seinem Seminar für Neue Deutsche Geschichte teilgenommen. Matthias war als Assistent am Lehrstuhl verantwortlich für dieses Seminar. Meistens leitete er die Termine selbständig, den Professor haben wir nur selten gesehen. Er gefiel mir vom ersten Augenblick an, er war ein großer, attraktiver Mann. Das dunkle Haar, in das sich schon erste weiße Haare eingeschlichen hatten, trug er damals schon ziemlich lang, manchmal hatte er es zu einem Pferdeschwanz zusammen gebunden. Zum Cordanzug trug er meist einen Rolli, nie habe ich ihn mit Hemd und Krawatte gesehen. Matthias fiel mit seiner lässigen Kleidung und den langen Haaren im Umfeld der Uni, kurz vor der 68er Revolte besonders auf. Als dann nach 68 beinahe jeder Mann lange Haare hatte, ließ er sie abschneiden.

Ich war damals eine junge, unbeholfene und sehr schüchterne Studentin. Anschluss hatte ich kaum gefunden, irrte meistens allein und ziemlich verloren durch die Uni. In dem Seminar machte ich den

Mund nicht auf, ich saß da und schwieg. Mir schien, jeder andere Student war in der Lage, kluge Dinge zu sagen, da glaubte ich, nicht mithalten zu können. Alles, was ich hätte sagen können, hatten andere schon vor mir viel besser gesagt. Matthias war aufgefallen, dass ich immer nur ruhig da saß und eines Tages fragte er mich nach dem Seminar, warum ich mich denn nie an der Diskussion beteiligen würde. Mit hochrotem Kopf begann ich irgendetwas zu stottern, da fiel mir Matthias ins Wort und sagte: „Lassen Sie uns doch gemeinsam einen Kaffee trinken, dann können wir in aller Ruhe darüber sprechen. Sie werden sehen, dass Ihnen nichts passiert, wenn Sie reden." Das war der Beginn unserer Freundschaft, das war für mich überhaupt der Beginn meines heutigen Lebens. Ich weiß nicht, ob ich mein Studium zu Ende gebracht hätte, wenn er mich nicht unterstützt hätte, mir Mut gemacht hätte meine Meinung zu äußern, zu sprechen, auf andere Menschen zuzugehen.

Mein Leben an der Uni hatte sich durch Matthias verändert, ich fand Anschluss, ich war nicht mehr allein, ich hatte Kontakt zu Kommilitonen, mit denen zusammen ich mich auf die Prüfungen vorbereitete. Das Wichtigste für mich war aber die Zeit, die Matthias und ich gemeinsam verbrachten. Er zeigte mir die Schönheiten seiner schwäbischen Heimat, wir machten lange Wanderungen über die Alb, wir fuhren zusammen nach Stuttgart in die Oper, sahen das berühmte Ballett von John Cranko. Es war eine wunderbare Zeit für mich gewesen.

Durch Matthias hatte ich Selbstvertrauen gewonnen und als ich eines Tages am Schwarzen Brett las, dass der Südwestfunk für Studenten der Politologie in Funk oder Fernsehen eine Praktikantenstellen anzubieten hatte, da hatte ich den Mut, mich zu bewerben. Ich hatte sofort mit Matthias darüber gesprochen, er unterstützte mich voll und ganz und so wagte ich den Schritt. Meine Hände hatten gezittert, als ich den Brief einwarf, ich hatte noch schnell eine Zauberformel oder was ich dafür hielt, gesprochen, dreimal toi toi toi gesagt und ab ging der Brief. Die nächsten Wochen erstarrte ich jedes Mal, wenn unbekannte Post im Briefkasten lag, ich wartete sehnsüchtig auf eine Antwort und hatte gleichzeitig Angst davor. Als nach zwei oder drei Wochen noch keine Antwort vorlag, begann ich schon zu resignieren. Aber Matthias war voller Zuversicht, er glaubte an meinen Erfolg. Beinahe einen Monat hatte es gedauert, bis endlich die Antwort kam. Mit dem ungeöffneten Brief ging ich sofort zu Matthias, ich hatte Angst davor, den Brief alleine zu öffnen. Was ich erwartete war ein freundlicher, aber deutlicher Bescheid, leider hätte meine Bewerbung nicht berücksichtigt werden können usw. usw. Stattdessen war es ein Schreiben mit der Einladung nach Baden Baden zu kommen und mich dort persönlich vorzustellen. Ich konnte es nicht glauben, ich war in die nächste Runde gekommen!!! Matthias freute sich genauso wie ich, wir feierten ausgiebig, gingen ins beste Restaurant Tübingens, wir aßen und tranken von allem nur das Beste. An diesem Abend trank ich entschieden zu viel, ich war so voller Euphorie, ich kannte keine Grenzen.

Selbstverständlich fuhr Matthias mit mir zu dem Vorstellungstermin nach Baden Baden. Die ganze Fahrt über war ich nervös und als wir dort ankamen, war ich das reinste Nervenbündel. Zu Beginn der Gespräche beim Sender konnte ich kaum reden, ich war wie in einem grauen Nebelschleier gefangen. Ich dachte an Matthias, dachte schon darüber nach, wie ich ihm von dem totalen Reinfall berichten sollte. Ich war verzweifelt. In dieser Situation hörte ich ihn sagen: Du schaffst das, du kannst das, du hast es oft genug bewiesen. Ich begann zu reden, beantwortete alle Fragen ausführlich und als ich merkte, dass meine Ausführungen offensichtlich gut ankamen, da wurde ich immer freier. In diesem Gespräch habe ich endgültig die Angst verloren, vor Fremden meine Meinung zu äußern.

Am Abend desselben Tages wurde mir die Praktikantenstelle zugesichert, sogar mit der Option, nach meinem Examen eine volle Stelle zu bekommen. Ich war überglücklich, fiel Matthias um den Hals. Er drückte mich ganz kurz an sich und schob mich dann sehr schnell zum Auto: „Lass uns nach Tübingen zurück fahren, ich habe morgen einen anstrengenden Tag". Schuldbewusst hatte ich mich ins Auto gesetzt, in der Aufregung über das Praktikum hatte ich vollkommen vergessen, dass Matthias in der nächsten Woche seinen Habilitationsvortrag vor der Fakultät zu halten hatte und sich darauf vorbereiten musste. „Es tut mir Leid, Matthias, dass ich so egoistisch war und nur noch an mich dachte." Matthias brummelte etwas von halb so schlimm und er freue sich doch genauso, aber irgendwie war ein kleiner Schatten auf mein Glück gefallen.

Das Praktikum machte ich während der Examensvorbereitung, ich wollte den Examenstermin nicht verschieben.

Damals begann sich Matthias von mir zurückzuziehen. Da wir beide bis über die Ohren in der Arbeit steckten, fiel mir das zunächst gar nicht so auf. Wenn wir uns trafen, war er unverändert, er interessierte sich für alles, was ich tat, ich fragte ihn immer noch bei wichtigen Dingen um Rat, er half mir, wo er konnte. Aber die alte Vertrautheit war nicht mehr da, wir unternahmen keine gemeinsamen Wanderungen mehr, wir sahen uns immer nur kurz. Ich vermisste Matthias, ich war ratlos, wusste nicht, was ich falsch gemacht hatte. Matthias bedeutete mir alles. Sein Verhalten war mir rätselhaft und ich begann, ihn zu beobachten. Doch ich wusste nichts, ich begriff nichts. Wenn ich heute daran zurück denke, kann ich es gar nicht mehr begreifen, wie naiv ich war.

Das Examen bestand ich sogar sehr gut und damit war der Weg nach Baden Baden frei. Das Praktikum hatte mir unendlich viel Spaß gemacht, ich hatte erfolgreich gearbeitet und mir wurde sofort ein voller Arbeitsvertrag angeboten. Matthias hatte sich inzwischen habilitiert und bekam auch sehr schnell einen Ruf an die Universität Freiburg. Die räumliche Entfernung veränderte unsere Lebensweise, wir waren beide voll im Beruf engagiert, hatten wenig Zeit, wir sahen uns nicht mehr so oft. Meinem Sender in Baden Baden blieb ich treu, bis ich keine Hoffnung mehr auf eine gemeinsame Zukunft mit Matthias haben konnte. Ich war eine gute Freundin, vielleicht seine beste Freundin, aber das genügte mir nicht. Ich liebte ihn, ich wollte mit ihm zusammen sein, eine Familie gründen, in seiner Nähe sein, ich wollte, dass wir füreinander da sein würden, für alle Zeiten.

Natürlich wusste Matthias von meinen Hoffnungen. Als ich ihn an einem Wochenende in Freiburg besuchte, da wollte ich endlich Klarheit haben, ein Leben ohne Matthias konnte und wollte ich mir nicht vorstellen. Ich fragte ihn direkt, warum er sich so zurückgezogen habe. „Dorothea“, sagte er, „du hast dir immer falsche Hoffnungen gemacht. Du hast mich nie so sehen wollen, wie ich bin. Für mich bist Du eine sehr gute Freundin, für die ich alles tun würde, aber wir werden nie ein Paar sein können.“ Allmählich begann ich zu begreifen, ich war fassungslos. Sicher hatten alle es gewusst, nur ich nicht. Nie war mir aufgefallen, dass er mich nie von sich aus in den Arm nahm, dass er nie mit mir schlafen wollte. Seine Nähe war für mich das Wichtigste gewesen, alles andere hatte ich geflissentlich übersehen. „Du musst mich so akzeptieren, Dorothea, ich werde dir immer ein guter Freund sein, du bedeutest mir sehr viel. Ich wäre froh, wenn unsere Freundschaft weiter bestehen könnte.“ Ich habe ihn damals angeschrien, nein, das kann ich nicht und das will ich nicht. Ich war verletzt, wütend. Vielleicht hätte ich mich über mich selbst ärgern sollen, über meine Ahnungslosigkeit, meine Dummheit, aber ich schob alles Matthias zu. Er war der Schuldige, der mich in meiner Ahnungslosigkeit bestärkt hatte. Ich habe an diesem Abend alles zerstört, ich habe ihn angebrüllt, ihn alles genannt und gesagt, ich wolle ihn nie mehr sehen. Ich fuhr sofort zurück nach Baden Baden und habe Matthias tatsächlich nie wieder gesehen.

Kurz darauf nahm ich das Angebot vom NDR an, eine politische Sendung zu moderieren. Ich war von Anfang an in der politischen Redaktion gewesen und dieser Sparte blieb ich auch treu. Der Wechsel nach Hamburg hatte mir gut getan, ich konnte Abstand gewinnen, es lagen immerhin beinahe 1000 km zwischen uns und so versuchte ich, mein Leben ohne Matthias zu gestalten.
Die ersten Jahre wachte ich morgens mit dem Gedanken an ihn auf und schlief mit dem Gedanken an ihn am Abend ein. Ich konnte ihn nicht vergessen und erst die Zeit, die langen Jahre heilten die Wunde ein wenig. Ich hatte hin und wieder kurze Beziehungen, nie ernsthaft oder länger, an Heirat dachte ich nicht mehr. Mein ganzes Interesse galt dem Fernsehen und da ich frei und unabhängig war, konnte ich auch alle Chancen, die sich mir boten, wahrnehmen. Ich lebte einige Jahre in London, dann zog ich weiter nach New York. Es folgten noch viele Metropolen, ich war immer bereit gewesen, weiter zu ziehen, wollte mich nirgendwo endgültig

niederlassen. Erst nach der Pensionierung kehrte ich nach Deutschland zurück.

Ich hatte ein interessantes und abwechslungsreiches Leben, das ich zum großen Teil Matthias verdankte. Sein Vertrauen in mich hat mir das alles erst möglich gemacht.

Matthias war an der Freiburger Universität geblieben, er hatte sich einen Namen als Politikwissenschaftler gemacht, auch in politischen Sendungen war er ein gefragter Mann. Ich hatte es immer verstanden, ihm aus dem Weg zu gehen, was, solange ich in Deutschland gearbeitet hatte, gar nicht so einfach war.

Als ich nach Deutschland zurückkam, dachte ich daran, mit Matthias Kontakt aufzunehmen. Es war eine lange Zeit vergangen, die Wunden waren verheilt, ich konnte die Narben noch spüren, aber sie taten nicht mehr weh. Aber es war sehr still um ihn geworden, und nun wusste ich auch, warum.

Matthias war der beste Freund gewesen, den man haben konnte und ich hatte diese Freundschaft nicht haben wollen, weil ich alles, weil ich zu viel hatte haben wollen.

Am nächsten Tag fuhr ich nach Freiburg, ich wollte Hannes kennen lernen und mehr von seinem Leben mit Matthias erfahren. Ohne mich bei Hannes zu melden, fuhr ich los, ich wollte noch in Tübingen Station machen, ich wollte mich in dem Ort, an dem wir beide gelebt hatten, an ihn erinnern, wollte noch einmal die Wege gehen, die wir gemeinsam gegangen waren.

Die Stadt hatte sich nicht verändert, zumindest in der Altstadt sah alles so aus, wie ich es in Erinnerung hatte. Ich ging am Neckar entlang zum Hölderlinturm, ich kannte noch jeden Stein, ich fühlte mich hier immer noch wie zu Hause. Ich wollte zum Schloss hochgehen, von dort hatte man einen schönen Blick auf die Stadt. Der steile Weg war anstrengend, ich musste immer wieder stehen bleiben, um Luft zu holen. Ich dachte daran, wie Matthias und ich früher hier hoch gegangen sind, ich sah ihn in seinem Cordanzug, ich sah, wie er lachte, ich hörte ihn über die Tübinger Geschichte erzählen, er war mir so nah, ich hätte nach ihm greifen können.
Ein Pärchen ging an mir vorbei, sie waren wohl in dem Alter wie wir damals. Ich sah ihnen zu, wie sie eng umschlungen den Weg hoch gingen, immer wieder stehen blieben und sich küssten. Seine Liebe so in der Öffentlichkeit zu zeigen, das hätten wir uns früher nie getraut. Ich sah die Beiden und plötz-

lich dachte ich, was musste es damals für Matthias bedeutet haben, sich nicht zu seiner Veranlagung bekennen zu können, seine Neigung immer verstecken zu müssen. Heute konnte sich jeder so selbstverständlich dazu bekennen, aber damals war das unmöglich gewesen. Seltsam, ich hatte mir darüber nie Gedanken gemacht, bis heute nicht. Wie wenig hatte ich von Matthias gewusst, wie wenig war ich auf ihn eingegangen, ich hatte seine Probleme nie wahr genommen, ich hatte immer nur an mich gedacht.

Ich verließ Tübingen und fuhr weiter nach Freiburg, zu Hannes, ich hoffte, mit ihm über Matthias reden zu können, mehr über ihn zu erfahren, über ihr gemeinsames Leben und ich wollte an sein Grab gehen, ihm noch einmal nahe sein.

Oben auf der Höhe lag noch Schnee, aber man konnte den kommenden Frühling schon ahnen. An manchen Stellen kamen durch die letzten Schneereste hindurch schon die ersten Schneeglöckchen. Ich atmete tief durch, bald würde hier wieder alles blühen.

Abschied

Johanna nahm Abschied. Es war der letzte Tag in ihrem Haus, morgen würde Ulf, ihr Sohn sie abholen und in ihr neues Zuhause bringen. Nein, Johanna schüttelte den Kopf, das war kein neues Zuhause, es war die letzte Station, es war ein Wartesaal auf den Tod. Danach würde nichts mehr kommen.

Sie hatte Ulf gebeten, sie alleine zu lasen. „Ich möchte mich dieses letzte Mal in der vertrauten Umgebung an alles erinnern, an die schönen Zeiten und an die traurigen Zeiten, an alle Höhen und Tiefen meines Lebens. Du brauchst keine Angst zu haben“, hatte sie noch hinzugefügt, als sie sein besorgtes Gesicht sah, „ich werde morgen früh ohne Murren gehen, aber diese Zeit, diesen letzten Tag und diese letzte Nacht brauche ich hier für mich alleine.“ Ulf war nur zögernd weg gegangen, vermutlich würde er vor Sorge die ganze Nacht kein Auge zu tun.

Ulf hatte sie schon lange gedrängt, aus dem zu groß gewordenen Haus auszuziehen und in ein Altersheim zu gehen. Ganz in ihrer Nähe sei eine sehr schöne, neue Seniorenwohnanlage gebaut worden, sie könne in ihrer alten Umgebung bleiben und dort sei für alles bestens gesorgt. „Hast du dich auch schon nach meinem Grab umgesehen?“, sie hatte die Frage sofort bereut, Ulf machte sich echte Sorgen und im Grunde wusste sie selbst, dass sie hier nicht mehr alleine bleiben konnte. Sie vergaß immer häufiger Dinge. Kürzlich hatte sie Kartoffeln kochen wollen, hatte den Herd eingeschaltet und war dann spazieren gegangen. Zum Glück war sie nach zehn Minuten umgekehrt, weil ihr eingefallen war, dass ihre Freundin Sabine kommen wollte. Als sie die Haustür aufgeschlossen hatte kam ihr dichter Qualm entgegen. Es hätte sicher nicht mehr lange gedauert, dann wäre alles abgebrannt. Und dann die Geschichte, als sie nicht mehr nach Hause gefunden hatte. Sie war durch die Straßen geirrt und wusste nicht mehr, wo sie war und wie sie zu ihrem Haus kommen sollte. Wäre nicht zufällig eine Nachbarin vorbeigekommen, sie wusste nicht, was dann passiert wäre. Von all dem hatte sie Ulf nichts erzählt, sie wollte ihn nicht beunruhigen, aber vielleicht hatte sie mehr aus Angst geschwiegen, Angst davor, dass sie endgültig hier raus musste.

Sie setzte sich an den alten Sekretär in der Diele, es war eines der wenigen Möbelstücke, die sie mitnehmen würde. Eigentlich war er zu groß, aber sie hatte darauf bestanden, ihn zu behalten. Sie hatte ihn als Studentin zufällig bei einem Trödler entdeckt, es war wirklich ein Trödler gewesen, der unter all seinem Ramsch dieses eine wunderschöne Stück hatte. Er stammte aus der Zeit des Biedermeier, hatte unendlich viele kleine Schubladen und ein Geheimfach, in dem sie damals alte Briefe eines ihr unbekannten Mannes entdeckt hatte. Offenbar waren es Liebesbriefe an eine verheiratete Frau. Der Mann bedrängte sie immer wieder, mit ihm zusammen ein neues Leben zu beginnen“. „Gemeinsam werden wir alle Schwierigkeiten meistern, ohne einander werden wir für immer unglücklich sein“, das waren seine immer wiederkehrenden Worte. Sie hatte versucht, herauszubekommen, wer der Briefeschreiber gewesen und ob er erhört worden war, aber die Spur verlief im Dunkeln. Die Briefe hatte sie sorgsam aufbewahrt, sie waren auch jetzt noch in dem Geheimfach. Sie würde sie später noch einmal lesen, vielleicht würde sie damit aber auch warten bis sie in ihrer neuen Unterkunft wäre.

Johanna strich liebevoll über das blankpolierte Holz, dieser Sekretär hatte sie ein Leben lang begleitet. Ihre Examensarbeit war hier entstanden, hier hatte sie später die Umschläge ihrer Hochzeitsanzeige und noch viel später die Umschläge für die Todesanzeige ihres Mannes geschrieben. Dieser Sekretär und dieses Haus waren ihre längsten Gefährten, sie waren wie alte Freunde, die ihr ganzes

Leben kannten, vor denen sie keine Geheimnisse hatte und die ihr immer Geborgenheit vermittelt hatten.

In das Haus hatte sie sich beim ersten Anblick verliebt, genauso wie Martin, ihr Mann. Als fest stand, dass sie in Hamburg bleiben würden, waren sie auf Wohnungssuche gegangen. Zunächst wollten sie nur eine Wohnung kaufen, aber dann hatten sie per Zufall dieses Haus gesehen und beide wussten sofort: In diesem Haus wollten sie leben, eine Familie gründen, in diesem Haus wollten sie zusammen alt werden.

Im Grunde war das Haus damals für sie viel zu teuer gewesen, sie mussten auf vieles verzichten, aber das hatten sie beide gerne getan. Es dauerte viele Jahre, bis sie sich wieder eine Urlaubsreise leisten konnten und obwohl es manchmal einen kleinen Stich im Herzen gab, wenn die Freunde Postkarten aus aller Herren Länder schrieben, bereuten sie diese Entscheidung nie. Martin hatte vorgeschlagen, eine Liste der Länder aufzuschreiben, die sie unbedingt sehen wollten. Die Liste war lang geworden und wurde immer wieder neu aufgestellt. Sie hatten sich über ihre Wunschziele genau informiert und wussten bald mehr darüber als die Freunde, die dort gewesen waren. Manche dieser Reisen konnten sie noch verwirklichen, aber durch Martins frühen Tod waren viele weiße Flecken auf der Landkarte geblieben. Freunde hatten sie dann zu überreden versucht, eine Kreuzfahrt zu machen, dann würde sie diese Länder doch noch sehen können, aber das war nicht ihre Art des Reisens, sie wollte mitten im Land sein, umherstreifen, Leute kennen lernen und keine vorprogrammierten Besichtigungen im großen Pulk machen. Sie war dann lieber zu Hause geblieben und hatte die alte Gewohnheit wieder aufgenommen und Reisen geplant, bis ins letzte Detail wohl wissend, dass sie diese Länder nicht mehr sehen würde.

Sie betrachtete die Bilder ihrer Familie, die auf dem Sekretär standen. Martin in jungen Jahren, bei einer Bergwanderung in den Südtiroler Alpen. Es war ein schöner, unbeschwerter Urlaub gewesen, der erste, den sie nach dem Hauskauf gemacht hatten. Martin hatte Ulf in einer Art Rucksack auf dem Rücken getragen und Ulf hatte ihn immer angetrieben. „Hopp…“, mehr konnte er noch nicht sagen, aber er hatte sichtlich Spaß daran, auf Vaters Rücken die Welt zu erkunden.

In dem Urlaub hatte sie gehofft, wieder schwanger zu werden. Sie träumte von einem kleinen Mädchen in rosa, doch dann war aus rosa schwarz geworden.

Ein betrunkener Autofahrer hatte sie angefahren und schwer verletzt liegen lassen. Passanten riefen den Rettungswagen, sie war ins nächst gelegene Krankenhaus gebracht worden, wo sie sofort operierte worden war. Tagelang war sie auf der Intensivstation gelegen, zwischen Leben und Tod. An den Unfall und an die erste Zeit im Krankenhaus konnte sich Johanna nicht erinnern, diese Ereignisse waren wie weg gelöscht. Nur den Schmerz, das Entsetzen spürte sie heute noch, als ihr die Ärzte mitteilten, ihre inneren Verletzungen sein so schwer gewesen, sie würde keine Kinder mehr bekommen können.

Johanna stand auf, es war kühl geworden, sie holte sich eine Jacke, die sie fest um sich wickelte. Das Unglück war vor so vielen Jahren passiert, aber für sie war es wie gestern. Ihre Träume hatten sich in wenigen Sekunden in Luft aufgelöst, nichts war mehr wie zuvor, nichts passte mehr so richtig zusammen. Mit Martin hatte sie nie darüber sprechen können, sie hatte mit niemandem darüber sprechen können aber mit Martin schon gar nicht. ´Vor dem Unfall war ihre Ehe in Ordnung gewesen, danach war alles anders.

Nach außen schien alles so wie immer, niemand, keiner ihrer Freunde hätte vermutet, dass sie irgendwelche Probleme mit sich herum tragen, aber sie und auch Martin, sie beide wussten ganz genau, was sie verloren hatten: Das sich einig sein, einander verstehen und akzeptieren, das war nicht mehr vorhanden.

‚Die erste große Bewährungsprobe in unserer Ehe haben wir nicht bestanden, warum nur konnten wir nicht über das Unglück reden'. Johanna hatte sich diese Frage schon tausendfach gestellt, aber nie den Mut gefunden, mit Martin zu sprechen. Nur ein einziges Mal hatte sie darüber gesprochen, nicht mit Martin, nein, mit einem Kollegen in der Kanzlei. Er war neu hinzugekommen, kurz nachdem sie dort wieder angefangen hatte.

Als Ulf 6 Jahre alt wurde, war sie wieder in ihren Beruf eingestiegen. Martin war dagegen gewesen, er sagte, das Kind würde sie brauchen, aber sie konnte es zu Hause nicht mehr aushalten, sie musste raus, etwas tun, das nichts mit Kindern zu tun hatte. Vor Ulfs Geburt war sie in einer Kanzlei als Anwältin tätig gewesen, dort fragte sie nun an, ob sie wieder einsteigen könnte. Ihr Chef war erstaunt, freute sich aber, dass sie wieder mit dabei war.

Sie verdiente gut und das Abbezahlen des Hauses war nun kein Problem mehr. Auch reisen konnten sie wieder, sie machten nun tatsächlich viele der Reisen, die sie sich früher ausgedacht hatten. Ulf nahmen sie anfangs mit, aber als er zu den Pfadfindern gegangen war, zog er es vor, in den Ferien in die angebotenen Zeltlager zu gehen. Dort war er mit Gleichaltrigen zusammen und genoss die Ferien, genoss es sicher auch, weg von der gespannten Stimmung zu Hause zu sein.

Sie fühlte sich wohl in der Kanzlei, über Privates wurde nicht gesprochen und das war ihr sehr recht. Nur einmal kam ihr Chef darauf zu sprechen, warum sie nur ein Kind hatte, wo sie doch immer einen ganzen Stall voll Kinder hatte haben wollen. Er war in ihrem Büro, sie hatten einen Fall durchgesprochen, bei dem es um Erbstreitigkeiten, unter Geschwistern ging. „Eines genügt" unterbrach sie ihn schroff. Frederick, ein Kollege, der in ihrer Abwesenheit neu eingestellt worden war, kam zufällig herein, er hatte ihre schroffe Reaktion auf diese Frage gehört und sie erstaunt angesehen.

Erst sehr viel später sprach er sie darauf an. Frederick und sie waren ein gutes Team, sie arbeiteten gerne zusammen, gingen auch manchmal nach Feierabend noch gemeinsam ins Kino oder in ein schönes Restaurant. Oft saßen sie auch bis in die späten Abendstunden im Büro, beide hatten es nicht eilig, nach Hause zu kommen. An einem dieser Abende fragte er sie, warum sie auf die Frage nach Kindern so schroff reagiert habe. Johanna hatte gerade einen Aktenordner wegräumen wollen, er glitt ihr aus der Hand, sie wollte ihn aufheben, er hielt sie fest und plötzlich begann sie zu reden, sie erzählte ihm alles, auch dass sie mit Martin nicht darüber reden konnte und dass ihre Ehe seither keine gute Ehe mehr war. Sie hatte geweint, in seinen Armen hatte sie zum ersten Mal weinen können.

In dieser Nacht war sie nicht nach Hause gekommen.

Es war mittlerweile dunkel geworden, Johanna stand auf und holte sich etwas zu trinken. Für den letzten Abend hatte sie sich eine Flasche Grauburgunder kalt gestellt. Im Backofen war eine Quiche, die sie für ihren letzten Abend extra zubereitet hatte. In Zukunft würde sie wohl im Speisesaal des Heims essen müssen, mit all den anderen alten Menschen, die sie nicht kannte. Morgen schon war es vorbei mit dem eigenständigen Leben, sicher würde es dort auch keinen Wein zum Abendbrot geben, Früchtetee war vermutlich das Getränk für die Alten. Sie schaute in den Kühlschank, er war noch gut gefüllt, so wie in all den Jahren, die sie hier gelebt hatte. Sie war immer auf unerwarteten Besuch vorbereitet gewesen, in den Anfangsjahren ihrer Ehe waren häufig Freunde auf ein Glas Wein vorbeigekommen. Diese spontanen Besuche wurden immer seltener, Beruf und Familie beanspruchten stark und unangemeldet kam keiner mehr, weil man nie wusste, ob es passt. So jedenfalls hatte sie sich das immer erklärt, aber vielleicht war die Stimmung in ihrem Haus nach dem Unfall nicht mehr so, dass Freunde schnell mal vorbeikommen wollten.

Sie hatte in den letzten Wochen viel darüber nachgedacht, warum dieser Unfall ihr ganzes Leben so überschatten konnte. War ihre Ehe zuvor wirklich in Ordnung? Waren Martin und sie wirklich ein so harmonisches Paar gewesen, die einander verstanden, die füreinander da waren? Wenn das so gewesen wäre, dann hätten sie doch das Unglück gemeinsam getragen, hätten darüber gesprochen, gemeinsam getrauert, gemeinsam ihren Traum von einer großen Familie begraben.

In der ersten Zeit nach dem Unfall war Martin der Fels in der Brandung gewesen. Alles war an ihm hängen geblieben und obwohl er mit Beruf, Haushalt und Ulf wirklich ausgelastet war, hatte er sie trotzdem täglich in der Klinik besucht. Geändert hatte sich ihr Verhältnis erst, als sie fünf Wochen in einer Reha war und sie sich in dieser Zeit nur ein-

oder zweimal gesehen hatten. Als sie damals nach Hause gekommen war und sie immer noch auf Hilfe angewiesen war, da hatte sich alles langsam geändert. Insgeheim dachte sie immer, wenn sie nach Hause kommt, ist alles so wie früher, aber so war es nicht. Sie ging immer noch an Krücken, musste ständig zur Physiotherapie, hatte Schmerzen und war insgesamt nicht belastbar. Der Unfall hatte sie aus der Bahn geworfen. Sie hätte professionelle Hilfe gebraucht, aber davon hatte nie jemand gesprochen, auch kein Arzt und sie selbst waren gar nicht auf die Idee gekommen. „Vielleicht hätten wir dann eine Chance gehabt, für uns beide war die Situation im Grund unerträglich. Wir hätten handeln müssen, so haben wir uns immer mehr entfremdet, wir lebten nach dem Unfall nebeneinander her, das einzige, das uns noch verband, war Ulf".
Martin hatte immer wieder Affären gehabt, es war ihr gleichgültig gewesen.

Johanna dachte an Frederick. Er hatte sie immer wieder bedrängt, sich von Martin zu trennen. „Wir können gemeinsam neu anfangen, wir können gemeinsam glücklich sein".

„Vielleicht hätte ich den Schritt wagen sollen, ich war feige gewesen, aber ich traute meinen Gefühlen nicht. Mit Martin hatte doch auch alles so schön begonnen, wir waren doch auch glücklich gewesen, warum sollte das mit Frederick besser gehen? “Die Beziehung wäre immer durch die gescheiterte Ehe belastet gewesen und was sollte aus Ulf werden.

Auch nach Martins Tod entschied sie sich nicht für Frederick, sie blieb alleine. Ihre Freunde dachten, die Trauer um Martin hatte sie davon abgehalten, aber so war es nicht gewesen. Durch seinen frühen Tod gab es auch keine Möglichkeit mehr sich gemeinsam mit dem Unfall und seinen Folgen auseinanderzusetzen.

Sie hatte ihn in den letzten Monaten gepflegt, in dieser Zeit waren sie sich wieder näher gekommen und eines seiner letzten Worte war: ¨Was haben wir versäumt, was haben wir durch unsere Sprachlosigkeit kaputt gemacht“. Auch heute noch, nach so vielen Jahren kamen ihr beim Gedanken daran die Tränen. Martin hatte recht gehabt, über der Trauer um die verlorene Möglichkeit hatten sie sich die Gegenwart und Zukunft verbaut.

Aus der Küche duftete es verführerisch. Johanna beschloss zum letzten Mal an dem alten Bauerntisch in der Küche ihre Quiche zu essen. Danach würde sie Fredericks Briefe aus dem Geheimfach holen und sie lesen. Es waren zwei Briefe, die sie nie ge-

öffnet hatte, Den ersten, den Frederick unmittelbar nach ihrer Trennung geschrieben hatte, wollte sie damals nicht lesen, weil sie befürchtete, er würde sie nochmals bedrängen
Und der zweite war nach Martins Tod gekommen, auch diesen hatte sie in dem Geheimfach ungelesen verstaut. Aber jetzt war alles so lange her, jetzt würde sie diese Briefe lesen. Von Frederick wusste sie nur, dass er damals nach Nee York gegangen war, er hatte dort das Büro der Hamburger Kanzlei übernommen hatte eine Amerikanerin geheiratet und war nach seiner Pensionierung in den Staaten geblieben. Ob er noch lebte, sie wusste es nicht.
Sie aß ein Stück von der Quiche, aber wirklich genießen konnte sie ihr letztes Essen in der vertrauten Umgebung nicht. Ulf würde sich freuen, wenn er die nächsten Tage das .Haus räumen würde. Mit einem Glas Wein in der Hand setzte sie sich wieder an ihren Sekretär und holte die Briefe aus dem Geheimfach.
Sie nahm auch die alten Briefe von dem unbekannten Mann heraus, das Papier war dünn und brüchig geworden. Vorsichtig faltete sie die Briefe auseinander, die Schrift war schon stark verblichen. Sie las alle noch einmal, langsam, Wort für Wort. Sie hatte diese Briefe schon so oft gelesen, sie kannte sie beinahe auswendig. Vor allem in der Zeit, als Frederick sie bedrängt hatte, sich von Martin zu

trennen, hatte sie die Briefe immer wieder gelesen. Sie hatte gehofft, aus diesen Briefen einen Rat für ihr eigenes Verhalten zu bekommen. Aber aus den Briefen war nicht zu entnehmen, ob diese Unbekannte den Schritt gewagt hatte. Vielleicht hatte sie mehr Mut gehabt als sie, oder war sie der Kinder oder der gesellschaftlichen Ächtung wegen bei ihrem Mann geblieben. War sie selbst wirklich nur Ulfs wegen bei Martin geblieben? War das wirklich der einzige Grund gewesen?
Langsam öffnete sie den ersten Brief von Frederick. Ihre Hand zitterte als sie den Brief aus dem Kuvert nahm und auseinander faltete:

Liebe Johanna,
Nun trennen sich unsere Wege, ich werde in den nächsten Wochen nach New York übersiedeln und dort unser Büro leiten. Deine Entscheidung, bei Martin zu bleiben, muss ich akzeptieren, du weißt, ich hätte es anders haben wollen.
Johanna, da du dich für Martin entschieden hast, dann entscheide dich auch ganz für ihn, dann gib deiner Ehe eine Chance. Sprich mit ihm, macht eure Zukunft nicht wegen der verlorenen Möglichkeiten kaputt. Igele dich nicht mit deinem Schmerz ein, werde für die, die dir nahe stehen wieder erreichbar. Ihr habt einen wunderbaren Sohn, ihr habt mehr als

viele andere, werfe das nicht achtlos weg. Finde deinen Platz und fülle ihn aus.
In Liebe, Frederick

Der Brief fiel ihr aus der Hand, nein, sie hatte ihren Platz nicht gefunden. Stimmte das? Hatte sie nicht viel mehr ihren Platz nur nicht ausgefüllt? Sie hatte so vieles falsch gemacht. Frederick hatte Recht, sie hatten einen Sohn, sie hätten noch ein Mädchen adoptieren können, es hätte so viele Möglichkeiten gegeben, wenn sie die veränderte Situation akzeptiert hätte. „Ich habe mich wie ein kleines trotziges Kind verhalten, das sein Spielzeug wegen einer kleinen Macke in die Ecke geworfen hat“.
Ob der Brief, wenn sie ihn damals gelesen hätte, etwas geändert hätte? Hätte er sie wach gerüttelt, sie konnte es nicht mit Sicherheit sagen. Sie hatte nur dieses eine Mal mit Frederick über den Unfall gesprochen, auch ihm gegenüber war dieses Thema tabu gewesen. Sie hatte sich wirklich mit ihrem Schmerz eingeigelt und niemanden an sich heran gelassen, auch Frederick nicht.
Johanna öffnete langsam den zweiten Brief. Sie hielt ihn lange in der Hand. Zögernd begann sie zu lesen. Er begann mit den üblichen Beileidsbekundungen und sie wollte ihn schon beiseitelegen, aber dann schrieb Frederick:

Nun bist du frei, nun steht einer gemeinsamen Zukunft nichts mehr im Wege. Ich möchte dich nichtbedrängen, lass dir Zeit für deine Entscheidung, ich warte auf dich.
In Liebe, Frederick

Sie begann zu weinen, warum nur hatte sie diese Briefe nicht gelesen. Es tat ihr Leid um Frederick, der vergeblich auf eine Antwort gewartet hatte, es tat ihr leid, um eine verpasste Chance. Vielleicht hätte sie den Schritt gewagt, sie war sich nicht klar darüber, aber zumindest hätte sie eine bewusste Entscheidung getroffen.
Sie gab sich einen Ruck: Sie war dabei, nochmal denselben Fehler zu machen. Innerlich sträubte sie sich immer noch gegen den Umzug, wollte immer noch am Alten festhalten, nicht akzeptieren, dass ein neuer, ein letzter Lebensabschnitt begann.
Johanna ging langsam durch alle Räume des Hauses, nahm von jedem Raum Abschied und setzte sich zuletzt wieder an ihren Sekretär. Er war für sie ein Stück Kontinuität, ein Begleiter seit mehr als 50 Jahren und er würde dies auch in der neuen Wohnung sein.

ISBN 978-3-7485-0393-4
00001
9 783748 503934
www.epubli.de